BASTEI
LÜBBE
TASCHENBUCH

Über die Autorin:

Ondine Khayat, geboren 1974, lebt als freie Autorin in Paris. *Der glücklichste Sommer unseres Lebens* ist ihr erster auf Deutsch erschienener Roman.

Ondine Khayat

Der glücklichste Sommer unseres Lebens

Roman

Aus dem Französischen von
Ulrike Werner

BASTEI LÜBBE
TASCHENBUCH

BASTEI LÜBBE TASCHENBUCH
Band 17767

MIX
Papier aus verantwortungsvollen Quellen
FSC® C083411
FSC
www.fsc.org

Dieser Titel ist auch als E-Book erschienen

Vollständige Taschenbuchausgabe

Deutsche Erstausgabe

Titel der französischen Originalausgabe: »Les petits soleils de chaque jour«
Originalverlag: Éditions Michel Lafon, Neuilly-sur-Seine

Titelillustration: © shutterstock: marcin jucha | Dmitr1ch | alicja neumiler | Kathy Kiselova
Umschlaggestaltung: Manuela Städele-Monverde
Satz: hanseatenSatz-bremen, Bremen
Gesetzt aus der Adobe Garamond Pro
Druck und Verarbeitung: CPI books GmbH, Leck – Germany
ISBN 978-3-404-17767-7

2 4 5 3 1

Sie finden uns im Internet unter
www.luebbe.de
Bitte beachten Sie auch: www.lesejury.de

Für Élisabeth und Dominique Khayat
und für meine liebe Lily

»Was nicht auf den Lippen tanzen darf, wird auf dem Grund der Seele schreien.«

Christian Bobin

1

Colline bemühte sich, ihr blondes Haar mit einem Gummiband zu bändigen. Mehrere kleine Locken entkamen dem Versuch und kringelten sich wie ein Heiligenschein um ihren Kopf. Sie gab den Versuch auf, kehrte zu ihrer ursprünglichen Beschäftigung zurück und konzentrierte sich. Sie hielt die Wolkenschablone, die sie zu ihrem neunten Geburtstag geschenkt bekommen hatte, an die Wand und malte sie rosa aus, wie ihr älterer Bruder Martin es ihr gezeigt hatte. Auf der Wand gegenüber ihrem Schreibtisch prangten bereits drei Sonnen (eine genügte ihr nicht), mehrere rosa Wolken (weil Rosa fröhlicher aussah als Grau), zwei Vollmonde, eine Menge Vögel und viele bunte Schmetterlinge. Colline trat zwei Schritte zurück und begutachtete die zuletzt gemalte Wolke. Sie sah zwar ein wenig verbeult aus, gefiel ihr aber trotzdem. Einen Namen würde Colline ihr später geben.

Die Stimmen ihrer Eltern drangen aus dem Wohnzimmer zu ihr herüber. Sie stritten sich wieder einmal wie seit Monaten schon. Wenn Colline es richtig verstanden hatte, warf ihre Mutter ihrem Vater vor, dass er nie zu Hause war. Er reiste viel, denn er war damit beschäftigt, das Franchiseunternehmen Destempes im Ausland aufzubauen. Er sagte dann, dass er das alles immerhin für sie tue, dass die Familienbäckerei sehr gefragt sei und dass genau das die Gelegenheit biete, neue Lizenzen zu vergeben und die Eröffnung weiterer Läden an anderen Standorten zu betreiben.

Colline hielt sich die Ohren zu, um ihre Eltern nicht mehr zu hören. Sie konnte diese Streitereien nicht ertragen, denn sie machten sie unsicher, und sie fürchtete sich. Leise summte sie ein Lied, das sie kürzlich von Clélie gelernt hatte:

Eines Tages werde ich ein Vogel, damit ich wegfliegen kann.
Eines Tages werde ich eine Fee, um lieben zu lernen.
Eines Tages werde ich ein Himmel und breite meine Flügel aus …

Das Mädchen dachte an Clélie. Was sie wohl gerade machte? Sie war die einzige Erwachsene, die sie mit »echten Augen« ansah. Martin hatte Colline einmal gefragt, was sie mit »echten Augen« meinte, und sie hatte ihm geantwortet: »Es sind Augen, die wirklich sehen.«

Colline selbst hatte auch »Augen, die wirklich sehen«. Ihre sahen allerdings manchmal zu klar und verursachten den Leuten, die sie anschaute, ein unbehagliches Gefühl. Schon als kleines Kind hatte sie diesen bohrenden und ernsten Blick gehabt, und ihre Mutter hatte sie mehr als einmal ermahnt, die Leute, die ihr begegneten, nicht so anzustarren. Die anderen Kinder in der Schule nannten sie deshalb »Hexe«. Wenn Colline die Leute jedoch fixierte, lag es daran, dass sie Dinge wahrnahm, die andere nicht sehen konnten. Einmal hatte sie versucht, mit ihrem Vater darüber zu sprechen, aber der hatte nur geseufzt und gemeint, sie solle mit dem Unsinn aufhören, und sich wieder seiner Arbeit gewidmet. Erst an dem Tag, als sie alle um den Esstisch versammelt gewesen waren und sie ihn unverwandt angesehen hatte, hatte er reagiert. Sie sagte ihm rundheraus, sie wisse, dass er gerade an seine hübsche Assistentin Cécile denke, und dass er gar nicht erst abzustreiten brauche, dass er in sie verliebt sei. Statt einer Antwort wurde Colline fürchterlich ausgeschimpft und ohne Abendbrot in ihr Zimmer geschickt. Es war nicht das Essen, um das es ihr leidtat – das war ihr egal. Sie war traurig wegen der Ungerechtigkeit. Schließlich wusste sie ganz genau, dass ihr Vater eben an Cécile gedacht hatte, und sie verstand nicht, warum sie es nicht aussprechen durfte, obwohl es die reine Wahrheit war.

Die Gedanken und Gefühle von Menschen bildeten für sie kleine Wölkchen über ihren Köpfen, wie die Sprechblasen in Comics, und Colline konnte darin lesen. Sie sah Sonne oder Regen und viele unterschiedliche Landschaften. Oft spürte sie, was andere fühlten, und zwar so deutlich, dass sie manchmal nach Luft schnappen musste.

Vor zwei Jahren, als bei ihren Eltern noch alles gestimmt hatte, hatte sie plötzlich gewusst, dass sie sich scheiden lassen würden. In heller Panik hatte sie darüber mit ihrem Großvater Yves Destempes gesprochen, den sie vergötterte. Er war der Einzige, der ihr nicht ständig erklärte, sie solle mit dem Unsinn aufhören, und oft fand sie Zuflucht bei ihm. Er hatte sie mit ernster Miene betrachtet und ihr Gesicht in seine Hände genommen.

»Mach dir keine Sorgen, meine Kleine. Ich werde immer in deiner Nähe sein.«

Colline erinnerte sich noch genau daran, dass sie ihn plötzlich in einem Krankenhausbett gesehen hatte, als er das zu ihr gesagt hatte. Sechs Monate später war er tot gewesen. Colline hatte mehrere Nächte hintereinander Albträume gehabt, denn sie hielt sich für schuldig an seinem Tod. Hätte sie diese Vision nicht gehabt, wäre Großvater Yves noch am Leben.

Die Zimmertür wurde geöffnet, und ihr Vater trat ein. »Komm bitte mal, Colline. Deine Mutter und ich müssen mit dir reden.«

Colline wich einen Schritt zurück. »Es geht gerade wirklich nicht. Meine Wolken sind noch nicht fertig.«

»Die kannst du später fertig malen.«

Zögernd folgte sie ihrem Vater ins Wohnzimmer. Ihre Mutter saß auf der Couch. Colline sah sofort, dass sie geweint hatte, und bekam es mit der Angst zu tun. Am liebsten wäre sie auf der Stelle in ihr Zimmer zurückgekehrt, blieb aber wie gelähmt stehen und schloss die Augen. Nichts mehr sehen, nichts mehr hören, nichts mehr fühlen …

Ihr Vater führte sie zum Sessel gegenüber dem Sofa und räusperte sich. »Colline …«

Sie wusste längst, was er sagen würde, doch sie wollte nicht, dass er die Worte aussprach. Verzweifelt suchte sie nach etwas Lustigem, nach einer witzigen Geschichte, die sie erzählen könnte. Davon kannte sie eigentlich eine ganze Menge, aber leider fiel ihr in diesem Moment keine ein.

»Schatz, deine Mutter und ich lassen uns scheiden.«

Ihr war, als würde ihr jemand das Herz aus der Brust reißen und es auf den Boden werfen, wo es in tausend Stücke zerbrach. War sie wirklich eine Hexe, deren Visionen Wirklichkeit wurden? Eine unaussprechliche Angst überkam sie. »Nein, das ist nicht möglich …«

Die Heftigkeit ihrer Reaktion verwirrte ihre Eltern.

»Ach, komm, Liebes, so schlimm ist es doch auch wieder nicht«, sagte ihr Vater.

Colline rang die Hände und bekam kaum noch Luft.

Ihr Vater redete weiter. In seiner Stimme lag wie immer Autorität – anders konnte er gar nicht sprechen. »Du musst jetzt eine wichtige Entscheidung treffen. Ich muss auch gleich wieder zur Arbeit …«

»Wie soll sie sich denn so kurzfristig entscheiden?«, mischte ihre Mutter sich ein. »Und weißt du überhaupt, was du da sagst? Deine Arbeit ist dir offenbar wichtiger als deine Tochter.«

»Unsinn, Teresa! Entschuldige bitte, dass ich arbeite und so viel verdiene, dass du dir deine teuren Einkaufsbummel leisten kannst.«

Die beiden waren so mit ihrem Streit beschäftigt, dass sie ihre Tochter nicht einmal weinen hörten. Colline hielt sich die Ohren zu und schrie sie plötzlich an, sofort aufzuhören. Überrascht forderte ihr Vater sie auf, sich zu beruhigen. Ihre Mutter nahm sie in die Arme und redete auf sie ein wie auf ein zweijähriges Kind.

Ihr Vater fühlte sich offenbar von alldem überfordert, und dieses Gefühl konnte er grundsätzlich nicht ertragen. Vielleicht versuchte er deshalb jetzt, das Problem kühl und vernünftig anzugehen. »Colline, du musst eine sehr wichtige Wahl treffen. Wir lassen dir natürlich Zeit zum Nachdenken, aber du musst uns irgendwann sagen, ob du lieber bei Mama oder bei mir wohnen möchtest.«

Colline blickte ihn entsetzt an. Das Letzte, was sie sah, ehe sie das Bewusstsein verlor, war sein verstohlener Blick auf die Armbanduhr.

Als sie die Augen wieder öffnete, lag sie im Bett. Ihre Mutter saß neben ihr. Die beiden Vollmonde an der Wand leuchteten stumm. Die laue Luft des letzten Samstags im Juni wehte durch das halb geöffnete Fenster. Colline umarmte ihr großes Plüschkaninchen Lapinou. Sie schwor sich, niemals wieder eine dieser Visionen zu haben, die nur Unglück brachten. Dann sank sie in einen schweren Schlaf voller Albträume.

2

Am Sonntagmorgen war die Sonne noch nicht ganz über Paris aufgegangen und überpuderte den Himmel mit einem Hauch von Rosa. Die trockene, klare Luft roch noch nicht nach Abgasen. Eine sehnsüchtige Stille umhüllte den anbrechenden Tag, der voller Versprechen zu sein schien.

Clélie trat auf ihren Balkon. Gleich gegenüber stand ein majestätischer Baum. Seine sattgrünen Blätter glänzten vom Tau. Clélie atmete tief ein und blickte zum Himmel hinauf. Ein paar übrig gebliebene Sterne schienen noch zu dösen und die Wohltat der Morgensonne zu genießen. Schließlich hatten auch sie einen Anspruch auf Sonntagsruhe. Eine Amsel feierte den anbrechenden Tag mit einem lebendigen, fröhlichen Lied.

Clélie setzte sich in ihren Rattansessel und stellte die Kaffeetasse vor sich auf den Tisch. Es war kaum fünf Uhr. Ein Gefühl friedlicher Ruhe durchdrang sie. Wie gut sie sich fühlte! Schon immer hatte sie die frühen Morgenstunden besonders geliebt. In der Stille konnte sie sich sammeln. In der Morgendämmerung hörte man das Herz der Welt schlagen. Und wenn man angestrengt lauschte, vernahm man die tiefe Stimme des Lebens – immer dann, wenn die Stille keine Ablenkung mehr gestattete und Erinnerungen, Worte und Gefühle ins Bewusstsein zurückkehrten. Clélie saß reglos da und stimmte ihren Atem auf den Rhythmus der Stadt ein. Ein Flugzeug, das hoch am Himmel einen orangefarbenen Kondensstreifen hinterließ, schien Wolken zu transportieren.

Je weiter die Zeit fortschritt, desto weißer wurde das Licht. Die Stimmung veränderte sich schnell, und schon blieb fast keine Spur mehr von der süßen Intimität, die Clélie so liebte. »Morgen wieder«, sagte sie und seufzte leise.

Sie stand auf, ging in die Küche und spülte die Tasse. Im Badezimmer griff sie nach der Bürste mit den weichen Borsten, zog sich aus und begann, mit sanften Bewegungen ihren Körper abzubürsten. Ihre rosige Haut erwärmte sich, und wohlige Schauder überliefen sie. Hingebungsvoll bearbeitete sie die Füße, die Waden, die Oberschenkel ... Die leichte Massage entschlackte und ließ Blut und Lymphflüssigkeit zirkulieren. Anschließend duschte sie kalt. Sie liebte es so. Als sie ein Kind gewesen war, hatte es nicht immer heißes Wasser gegeben, und sie hatte sich an kaltes gewöhnen müssen. Ihr fiel ein, wie sie im Heim einmal das Eis auf der Waschschüssel hatte zerbrechen müssen. Aber schnell verscheuchte sie dieses Bild wieder, wie sie es mit den meisten Erinnerungen an ihre Kindheit tat. Irgendwann waren ihr die kalten Duschen unentbehrlich geworden. Ihnen verdankte sie zu großen Teilen ihre bewundernswert geschmeidige, straffe und leuchtende Haut. Clélie war neunundsechzig Jahre alt und schön – sie war eine dieser Schönheiten, die niemals altern und ihre Frische behielten.

Clélie liebte das Leben, obwohl das Leben es ihr nicht immer gedankt hatte. Mit drei Jahren wurde sie von ihren Eltern verlassen und wuchs erst bei einer, dann bei einer anderen ihrer Tanten auf, ehe sie in ein mehr oder weniger einladendes Kinderheim abgeschoben wurde. Diese Erlebnisse jedoch hatten sie nicht etwa eingeschüchtert, sondern, im Gegenteil, ihren Charakter gefestigt. Schon sehr früh kam sie zu der Einsicht, dass es eine große Chance war, auf diese Weise durch das Leben zu reisen und von einem Ort zum nächsten, von einer Pflegefamilie zur nächsten, von einem Traum zum nächsten zu wechseln. Clélie war eine Nomadin und hatte sich nie wirklich auf irgendetwas festgelegt. Für sie gab es weder vorgefertigte Gedanken noch endgültige Gewissheiten, vor allem kein endgültiges »Nein«. Das Leben war eine großartige Reise, und sie hatte schon immer in der ersten Reihe sitzen wollen, um das Universum zu entdecken.

Ihr gesamtes Berufsleben wurde durch die Bäckereien der Familie Destempes geprägt. Yves Destempes' Tod vor anderthalb Jahren hatte sie sehr getroffen. Yves war wie ein Vater für sie gewesen, hatte sie das Bäckerhandwerk gelehrt und ihr erlaubt, ihre eigene, von Destempes lizenzierte Bäckerei zu eröffnen. Sie hatte Erfolg gehabt und sich diese charmante Vierzimmerwohnung an der Place des Ternes gekauft, in der sie jetzt lebte. Vierzig Jahre in einer Bäckerei. Vierzig Jahre, in denen sie Glück verkaufte. Am besten gelangen Clélie die bei Empfängen so beliebten Überraschungsbrote. Nicht jeder konnte sich mit Überraschungen anfreunden, das war Clélie schon seit Langem klar. Es gab Leute, die keine Überraschungen mochten, weil sie zu viel Angst vor dem hatten, was sie entdecken könnten. Andere wiederum nahmen alles mit, was sie bekommen konnten, aus Angst, ihnen könnte etwas entgehen. Wieder andere sagten niemals Danke. Clélie hingegen liebte Überraschungen, und zwar sowohl die guten als auch die schlechten. Im Leben konnte man alles annehmen, wenn man nichts erwartete. Das war der Vorteil.

Die Bäckereien der Familie Destempes waren im Laufe der Jahre modernisiert worden. Geräumig und hell glitzerten sie mit tausend Lichtern. In allen gab es zwei unterschiedliche Abteilungen, eine für Biobrot und Teilchen, die andere für Konditoreiwaren. Clélie liebte den Duft von frischem Brot, das gerade aus dem Ofen kam. Beim Anblick der goldenen Kruste der Baguettes, der kräftigen Vollkornbrote und anderer herrlicher Backwaren überkam sie eine lebhafte Gemütsbewegung.

Der frühe Morgen war immer wie ein stummes Ballett abgelaufen: erst das Bereitstellen der Zutaten, dann das Kneten, Formen und Backen … und zum Schluss das Einräumen der frischen Backwaren in die entsprechende Abteilung je nach Kategorie. Und erst die Kuchen! Charlotten, Köstlichkeiten aus Blätterteig, Torten, Rum-Savarins und viele andere Gaumenkitzel mehr. Sobald die Leckereien in ihren hellen Vitrinen standen, erschien das Leben weniger glanzlos.

Clélie kehrte noch immer jeden Sonntag in »ihre« Bäckerei zurück, die Yves Destempes' Tochter Teresa – die Clélie schon seit ihrer Geburt kannte – übernommen hatte. Der Kreis hatte sich geschlossen.

Im Handumdrehen war es kurz vor acht geworden. Clélie beendete ihre morgendlichen Vorbereitungen und ging leichten Schrittes zur Bushaltestelle der Linie 92 in der Avenue Niel. Sie trug einen langen, fuchsiafarbenen Rock, in den sie sich auf den ersten Blick verliebt hatte – ein etwas unvernünftiger Kauf –, den sie mit einer orangen Bluse kombiniert hatte. Sie mochte Dinge, die nicht zueinanderpassten. Oder besser gesagt: Sie hasste Dinge, die aufeinander abgestimmt waren wie Höschen und BH oder Sofa und Vorhänge. So etwas hatte ihr schon immer Unbehagen bereitet.

Sie stieg in den Bus und begrüßte den Fahrer. Busfahrer waren ebenfalls Nomaden.

Die Straßen von Paris waren noch leer. Der Bus fuhr die Avenue Mac-Mahon hinauf und fädelte sich ohne Schwierigkeiten in den Kreisverkehr der Place de l'Étoile ein. Clélie bewunderte den Arc de Triomphe, der im Morgenlicht prunkte. Das Schaukeln des Busses und die Ruhe draußen lullten sie ein. Beinahe wäre sie eingedöst. Sie kämpfte gegen die Müdigkeit an und freute sich über den Anblick der Brücke Pont de l'Alma, die der Bus überquerte, um das siebte Arrondissement zu erreichen.

Um halb neun betrat sie die Bäckerei. Die Stammkunden drängten sich bereits vor der Theke, um ihre Croissants zu kaufen. Clélie bemerkte sofort, dass Teresa gerötete Augen hatte. So sahen sie sonst nicht aus. Normalerweise waren sie blau und schauten offen in die Welt. Schnell huschte Clélie hinter die Theke und band sich die Schürze um.

Teresa gab ihr zwischen zwei Kunden einen Begrüßungskuss und unterdrückte dabei ein Schluchzen. Geduldig bedienten die beiden Frauen die Frühaufsteher dieses Sonntags. Clélie ermutigte Teresa regelmäßig mit kleinen Zeichen, Teresa antwortete ihr mit einem Zwinkern. Nach einer Stunde jedoch nahm Clélie die Angelegenheit selbst in die Hand und ging Teresas Sohn Martin wecken. Martin war siebzehn, hochgewachsen und eigentlich ein reizender Junge, aber ein Langschläfer. Auf Clélies Drängen hin zog er sich an, kam nach unten und übernahm den Dienst hinter der Ladentheke, während Clélie seine Mutter ins Hinterzimmer entführte.

»Was ist los, Teresa?«

Teresa begann zu schluchzen. Clélie ließ sie gewähren. Wenn Teresa weinen wollte, sollte sie weinen.

Nach einiger Zeit trocknete sie die Tränen und setzte sich in einen weißen Rattansessel, der seinen Unmut darüber mit einem klagenden Knarren äußerte.

»Was ist passiert?«, fragte Clélie.

»Es geht um Colline.«

»Was ist mit ihr?«

»Wir haben ihr gesagt, dass wir uns scheiden lassen.«

»Dann ist es also so weit.«

»Ja. Aber ich weiß nicht mehr, was ich tun soll. Colline wurde ohnmächtig und hat danach die halbe Nacht hindurch geweint. Und seit ihr Vater fort ist, ist sie nicht mehr dieselbe. Sie isst nicht mehr. Jede Mahlzeit ist ein Kampf. Und das bei Eltern, die Bäcker sind!«

Clélies Herz und Seele zitterten vor Mitleid. Sie dachte an die Trauer der kleinen Colline, die sie seit ihrer Geburt kannte und vom ersten Augenblick an geliebt hatte. »Hast du Croissants mit Mandeln ausprobiert?«

»Natürlich.«

»Rosinenstuten?«

»Ohne Erfolg.«

»Erdbeertörtchen? Die liebt sie doch!«

»Sie isst höchstens die Erdbeeren. Meinem kleinen Mädchen geht es nicht gut, Clélie. Und ich weiß nicht, was ich tun soll.«

»Wir finden eine Lösung. Bisher haben wir es noch immer geschafft, nicht wahr?«

Teresa fühlte sich offensichtlich etwas besser. Wenn Clélie etwas sagte, konnte man ihr gewöhnlich vertrauen, das wusste sie.

»Ist sie in ihrem Zimmer?«

»Ja, sie schläft. Komm mit.«

Teresa öffnete langsam die Tür. Colline schlief tief und fest in ihrem kleinen blauen Zimmer. Sie lag unter einem schmiedeeisernen, von darüber schwebenden Engeln behüteten Betthimmel. Der Nachttisch daneben war rosa.

Die beiden Frauen standen reglos da, unfähig, den Blick von dem Mädchen abzuwenden, dessen lockiges blondes Haar sich auf dem Kopfkissen ringelte. Die Kleine hielt die Hände gefaltet wie zu einem stummen Gebet.

Clélie wandte sich an Teresa. »Geh wieder an die Arbeit. Ich warte hier, bis sie aufwacht.«

Teresa dankte ihr und kehrte in die Bäckerei zurück, wo ein ununterbrochener Strom von Kunden Brot, Kuchen und Teilchen kaufte.

Clélie setzte sich so geräuschlos wie möglich in einen niedrigen wie eine Prinzessin geformten Sessel – was ihre Knie heftig auf die Probe stellte – und ließ ihre Gedanken treiben. Plötzlich sah sie sich wieder im Alter von neun Jahren. Sie war traurig und einsam. Sie hatte niemanden, dem sie sich anvertrauen konnte. Wer hätte sie auch verstehen können …? Ohne es zu bemerken, schlummerte sie ein.

Eine Stunde später hörte sie ihren Namen wie aus weiter Ferne.

»Clélie? Clélie, schläfst du?«

Sie öffnete die Augen. Colline stand lächelnd vor ihr. Das kleine Mädchen trug ein rosa Nachthemd, auf dem ein riesiger Zauberstab abgebildet war.

»Nein, natürlich nicht!«

»Aber sicher doch! Du kannst in mein Bett gehen, wenn du willst. Da ist es bequemer.«

»Rate mal, wie lange ich schon auf bin.«

Colline runzelte die Stirn. Sie dachte nach. »Seit … fünf Uhr morgens.«

»Verloren! Seit vier Uhr.«

»Dann hast du ja deinen Rekord gebrochen. Bedeutet das, dass du jeden Tag sechs Stunden länger lebst als ich?«

»Mehr oder weniger.«

»Das ist so, als hättest du noch ein zusätzliches Leben. Ich hätte nicht gerne zwei Leben. Ich weiß ja nicht einmal, was ich mit dem Leben anfangen soll, das ich schon habe.«

Clélie blickte sie ernst an. »Colline, was ist los? Sag es mir.«

»Och, nein, das würde viel zu lange dauern.«

Clélie verspürte einen Stich im Herzen. »Ich habe viel Zeit. Weißt du was? Ich bereite dir jetzt eine heiße Schokolade zu, wir toasten ein paar Scheiben Brot, und du erzählst mir alles.«

»Ich bin gar nicht hungrig, aber … danke!«

»Du bist nicht hungrig?«

»Nein, ich bin ja gerade erst aufgestanden. Außerdem … weißt du, wie viel Essen Leute in sich hineinstopfen, ohne es überhaupt zu merken?«

Clélie schwieg.

»Ich wünsche mir Zusammenstellungen, die es noch nicht gibt. Neue Dinge, die noch nie jemand gegessen hat.«

»Chips mit Marmelade zum Beispiel?«

Colline musste lachen. »Aber nein! Das gibt es doch schon.«

»Wirklich? Hast du es schon einmal probiert?«

»Nein.«

»Dann wäre es eine neue Erfahrung. Also, ich wäre bereit, es zu versuchen.«

Colline runzelte die Stirn. »Ähm … ein andermal, okay? Ich muss mich jetzt fertig machen. Aber du kannst gern hierbleiben, wenn du willst.« Das Mädchen griff nach dem erstbesten T-Shirt und einer Jeans, die aus dem Schrank lugten, und wollte gerade das Zimmer verlassen, als es plötzlich stehen blieb. In Collines Augen glitzerten Tränen. »Clélie? Meine Eltern lassen sich scheiden …« Sie wagte nicht, weiterzusprechen und zu gestehen, dass alles ihre Schuld war.

»Ich weiß, mein Mäuschen.«

»Ich würde gern anderswo leben.«

»Wo denn?«

»Auf einem anderen Planeten.«

»Bist du denn so unglücklich hier?«

»Ja.«

»Warum?«

»Weil alles schiefgeht, wirklich alles. Und das macht mich traurig. Papa und Mama haben sich nicht mehr lieb, und in der Schule lachen alle über Sandrine, nur weil sie dick ist. Findest du das normal?«

»Natürlich nicht.«

»Und Großvater – warum ist er gestorben? Warum sterben Menschen?«

Clélie stieß einen langen Seufzer aus.

»Weißt du, was ich gern tun möchte?«, fragte Colline.

»Sag es mir.«

»Ich würde mir gern die Gefühle wegoperieren lassen.«

»Aber warum?«

»Um nicht mehr zu traurig zu sein.« Das kleine Mädchen legte beide Hände auf sein Herz. »Hier tut es weh. Als würde es zerreißen. Verstehst du?«

Und ob Clélie verstand!

»Ich würde ins Krankenhaus gehen, ein Arzt würde mein Herz herausnehmen, und wenn ich wieder aufwachte, würde ich nichts mehr fühlen.«

»Sag nicht so etwas, mein Engel. Wir werden eine Lösung finden, das verspreche ich dir.«

»Gut … aber jetzt muss ich mich fertig machen.«

Colline lächelte Clélie traurig zu und zog die Badezimmertür hinter sich zu.

Clélie blieb allein im Zimmer zurück. Sie war unfähig aufzustehen. Collines Worte klangen noch in ihr nach. Sie war unglücklich und fühlte sich schrecklich hilflos. Was sollte sie einem neunjährigen Mädchen sagen, das die Welt, so, wie sie war, nicht ertragen konnte? War die Welt überhaupt zu ertragen? Erwachsene schützten und betäubten sich, weil sie oft keinen anderen Weg sehen zu überleben – aber machte das das Leben lebenswerter?

Wieder fiel Clélie ihre Zeit im Kinderheim ein. Ohne Familie, ohne Freunde, ohne Zukunft. Mit dem Gefühl, für alle nur eine Last zu sein. Was wäre aus ihr geworden, wenn sie nicht den Destempes begegnet wäre, die ihre Leidenschaft für die Bäckerei geweckt hatten? Plötzlich wurde ihr schwindelig. Sie musste einen Ausweg aus dieser Krise finden, sie hatte es Colline versprochen. Aber wie konnte man einem neunjährigen Mädchen die Freude am Leben zurückgeben? Wo sollte sie anfangen? Clélie dachte nach. Vielleicht gab es jemanden, den sie um Rat fragen konnte.

3

Rose Leval, zweiundsiebzig Jahre alt, wohnte seit fast vierzig Jahren direkt unter Clélie in dem Haus an der Place des Ternes. Die pensionierte Französischlehrerin hatte an mehreren Pariser Schulen unterrichtet. Ihre Schülerinnen und Schüler erinnerten sich auch nach Jahren noch gern an die Leidenschaft, die sie während des Unterrichts an den Tag gelegt hatte. Rose, die eine geborene Rednerin war, hatte in ihrer Jugend Theaterunterricht genommen und davon geträumt, in der Rolle der Kameliendame Marguerite Gautier Bühnenerfolge zu feiern. Oft zitierte sie ihren Schülern den Satz von Alexandre Dumas: »›Weil ich das Alter noch nicht erreicht habe, in dem man erfindet, begnüge ich mich damit zu erzählen‹«, um der These sofort darauf mit Nachdruck zu widersprechen. Nein, der Erfindungsgeist war nicht an ein bestimmtes Alter gekoppelt. Rose Leval war immer wichtig gewesen, dass ihre Schülerinnen und Schüler die Fähigkeit entwickelten, sich Dinge vorzustellen, zu erfinden und zu träumen. Sie war sich sicher, dass die Welt dann ein besserer Ort würde.

Inzwischen lebte Rose inmitten von Büchern, ihren treuesten Freunden. Sie war zutiefst überzeugt, dass keine vorübergehende

Depression einer guten Lektüre widerstehen konnte – und zwar nicht nur der Lektüre von Romanen, sondern auch der von Poesie und Essays. Was sollte man sonst noch über die herrlichen Werke Christian Bobins und Christiane Singers sagen? Sie hatte gerade wieder einmal *Alles ist Leben: Letzte Fragmente einer langen Reise* gelesen. Diese Christiane Singer, was für eine Frau! Sie rief ihre Leser auf, »lebendig zu werden«. Wir glauben zu leben, weil wir atmen, aber lebendig zu sein bedeutet etwas ganz anderes.

Man höre sich nur diesen Satz an, der in einem anderen ihrer Werke zu finden ist: »Ein liebender Blick lässt sämtliche Panzer schmelzen, unter denen ich mich einst versteckt hielt, um zu überleben.« Wunderschön, nicht wahr?

Rose Leval kannte sich mit Panzern aus. Schon von klein auf hatte sie sich darunter versteckt, um nicht unter der Gleichgültigkeit ihres Vaters zu leiden. Er hatte sie nie geliebt, weil sie nicht hübsch genug für den »Familienstandard« war. Roses Mutter war hinreißend gewesen, genau wie ihre Schwester. Rose hingegen nicht. Rose hatte Charme, Temperament, Humor und Charisma. Aber sie war nicht schön; sie besaß nicht jenen geheimnisvollen Liebreiz, der auf den ersten Blick Bewunderung weckt. Das hatte ihr Vater ihr nie verziehen.

Rose hatte an seinem Grab gestanden, als sie zweiundzwanzig Jahre alt gewesen war – möge er in Frieden ruhen –, und hatte sich mit ihren Panzern beholfen, so gut es ging, bis sie mit fünfundzwanzig Pierre Lesieur kennenlernte und ihn kaum sechs Monate später heiratete. Einige Leute bemerken einen sofort, andere aber nie, selbst wenn man ihnen an jedem Tag seines Lebens begegnet. So ist es nun einmal. Pierre hatte sie bemerkt, angenommen und fünfundvierzig Jahre lang geliebt. Er unterrichtete Mathematik in den Vorbereitungsklassen. Seine Vorliebe galt Theoremen. Davon gibt es Hunderte, es ist kaum zu glauben.

Ein Theorem ist »eine mathematische Aussage, die bewiesen werden kann, also eine Behauptung, die aus Axiomen durch logische Argumentation konstruierbar und als wahr zu bezeichnen ist«. Noch immer hörte sie Pierre über sein Lieblingsthema dozieren. Tatsächlich lagen Lichtjahre zwischen seinem und Roses Universum. Roses war eher irrational; es widerstrebte ihr, logisch zu beweisen und zu begründen, mit Ausnahme vielleicht bei Textkommentaren, doch selbst denen hauchte sie Kreativität ein.

Aber das Gleichgewicht des Paares Leval/Lesieur beruhte genau auf diesem Niemandsland zwischen rational und irrational, zwischen logischer Ableitung und Kreativität, und nur selten fand man so viel Harmonie bei zwei Menschen.

Mit vierzig Jahren hatte sie ihre Tochter Lorraine bekommen. Es war Pierre, der sich gewünscht hatte, Vater zu werden. Rose hingegen hatte sich vor der Elternschaft gescheut. Sie hatte so wenig Liebe von ihrem Vater bekommen, dass zwischen ihr und ihrer Tochter eine Distanz bestand, die sie nie hatte überwinden können. Glücklicherweise verfügte Pierre über große Reserven an Liebe. Mit ihm an ihrer Seite lief immer alles gut.

Rose fuhr sich mit der Hand über das Gesicht. Sie vermisste ihn unendlich. Schon zwei Jahre, die er nun nicht mehr bei ihr war. Ein dummer Schlaganfall hatte ihn mitten auf der Straße dahingerafft. Dieser unvorhergesehene Tod, der ganz plötzlich eintrat und alles mitriss, passte zu ihm. Welch guter Freund, welch zärtlicher Liebhaber, welch zuverlässiger Begleiter Pierre ihr doch gewesen war! Aber wie hätte sie dem Leben böse sein können? Immerhin hatte sie diesen Mann all die Jahre hindurch an ihrer Seite haben dürfen – es wäre undankbar, sich zu beklagen. Nur … sie vermisste seinen Humor, wenn sie sich, wie jetzt gerade, ihren Fünf-Uhr-Tee zubereitete. Er hätte bestimmt nicht versäumt, seine »alte Engländerin« zu verspotten.

Die Türklingel holte Rose in die Wirklichkeit zurück. Fröhlich öffnete sie die Tür, ohne sich auch nur die Mühe zu machen, zuvor durch den Spion zu schauen. Sie liebte Besuch. Vor ihr stand Clélie mit einer Tasche in der Hand.

»Oho! Sind das etwa …« Rose schloss die Augen und schnupperte ausgiebig. »… Windbeutel?«

»Volltreffer! Wie machen Sie das?«

»Also wirklich, Clélie! Schließlich sind Sie die tollste Lehrerin für Backwaren in der gesamten Galaxis! Kommen Sie herein, ich habe mir gerade einen Vollmondtee aufgebrüht.«

»Ich störe doch nicht, oder?«

»Wie kommen Sie denn darauf? Wie könnten Sie mich stören?«

Clélie blieb mit hängenden Armen im Flur stehen. Sie hatte immer Sorge, sich aufzudrängen, was an ihren Jahren im Heim lag, wo sie gelernt hatte, zum Schatten zu werden, damit man ihre Gegenwart vergessen konnte.

Rose servierte zwei Tassen Tee und genoss den Duft. »Riechen Sie das? Exotische Früchte, Zitrusfrüchte, Gewürznelken …«

»Und … Mandeln, oder?«

»Stimmt! Außerdem Honig … ein Hochgenuss!« Rose legte die Windbeutel auf einen schönen wassergrünen Teller, setzte sich auf die Couch neben Clélie und betrachtete sie schweigend. »Was ist? Sie wirken so nachdenklich.«

»Ja … nein … Ich meine, ja …«

»Schon gut, Clélie, was ist los?«

»Es geht um Colline. Hugues und Teresa lassen sich scheiden, es ist so weit. Und die Kleine ist völlig durcheinander.« Clélie konnte die Tränen nicht länger zurückhalten. »Entschuldigen Sie, dass ich vor Ihnen weine, Rose, aber …«

»Wenn Sie nicht vor mir weinen, vor wem dann? Wir kennen uns seit einer Ewigkeit, da ist uns doch nichts mehr peinlich!«

Clélie schnäuzte sich und entschuldigte sich erneut. »Da ist noch etwas ...«

»Was denn? Hat Colline Streit in der Schule, schlechte Schulnoten? Ist sie belästigt worden?«

»Nein, nichts von alldem. Anscheinend handelt es sich um den Planeten Erde.«

»Wie bitte?«

»Den Planeten Erde. Das kleine Mädchen fühlt sich hier nicht wohl und möchte gern woanders hin.«

»Auf einen anderen Planeten?«

»So habe ich sie verstanden. Außerdem kommt noch hinzu, dass Colline nicht mehr essen will.«

Rose blickte sie besorgt an. »Anorexie sollte man niemals auf die leichte Schulter nehmen, auch nicht im Frühstadium.«

»Magersucht?« Die Tatsache, dass Rose einen Namen für Collines Problem hatte, erschien Clélie noch beunruhigender. »Sie ist doch ohnehin schon so dünn!«

Rose zerbrach sich den Kopf bei der Suche nach einer Lösung. Da gab es Dr. Ménile, einen äußerst kompetenten Psychiater, aber er könnte niemals ein kleines Mädchen betreuen, dazu fehlte es ihm an menschlicher Wärme.

»Wie können wir sie dazu bringen, wieder zu essen?«

»Wir dürfen sie keinesfalls zum Essen zwingen«, antwortete Rose mit fester Stimme. »Das wäre ein fataler Fehler. Wir müssen ihr die Freude am Leben zurückgeben!«

»Und wie sollen wir das machen?«

»Clélie, wie alt sind Sie?«

»Neunundsechzig. Im Januar werde ich siebzig.«

»Ich bin zweiundsiebzig. Wir sind also schon ganz schön lange auf dieser Erde, richtig? Und wir können nicht so tun, als hätten wir keine Verantwortung für die Welt, wie sie heute ist.«

»Nein, wirklich nicht. Das wäre erschreckend unaufrichtig.«

»Es ist also höchste Zeit, dass wir diese Verantwortung auch akzeptieren. Colline liebt Sie, nicht wahr?«

»Ja … Zumindest glaube ich es.«

»Zum Teufel mit Ihrer Bescheidenheit! Das kleine Mädchen hat nur Augen für Sie. Kümmern Sie sich einfach jeden Mittwoch um sie. Zeigen Sie ihr die Welt – hier in Paris.«

»Aber ich würde sie langweilen. Ich bin alt.«

»Sie und alt? Dass ich nicht lache! Außerdem lieben Sie das Kind.«

»Schon, doch die Kleine ist erst neun Jahre alt. Ich wüsste nicht, wie ich sie beschäftigen soll.«

»Sie wird sich sehr gut selbst beschäftigen, so viel ist sicher. Außerdem bin ich auch noch da, und Théodore ebenfalls. Wir alle hier im Haus helfen Ihnen. Außer natürlich Monsieur Lefron, doch das ist normal und hat nichts mit Ihnen zu tun.«

»Aber ich hatte niemals Kinder, Rose.«

»Na und? Wie sagte noch der berühmte libanesische Dichter, der gute Khalil Gibran, so schön: ›Eure Kinder sind nicht eure Kinder. Sie sind die Söhne und Töchter der Sehnsucht des Lebens nach sich selbst.‹ So gesehen sind also alle Kinder auch unsere Kinder, es gibt da keinen Unterschied. Verstehen Sie? Von dem Moment an, wenn sie auf der Welt sind, beginnt unsere Verantwortung. Und es ist die Pflicht von uns Älteren, uns darum zu kümmern.«

In dieser Nacht hatte Clélie Mühe einzuschlafen. Colline jeden Mittwoch von morgens bis abends bei ihr? Was würde Teresa davon halten?

4

Als Teresa am nächsten Tag von dem Projekt erfuhr, dachte sie nicht lange nach, sondern war sofort begeistert. »Oh, Clélie, das ist eine fantastische Idee! Ich wusste doch, dass ich auf dich zählen kann. Colline wird sich freuen. Komm schon, wir überraschen sie gleich jetzt damit.«

Teresa nahm sie mit in Collines blau gestrichenes, noch abgedunkeltes Zimmer. »Colline, wach auf! Wir haben tolle Neuigkeiten für dich.« Sie zog die Vorhänge auf. Ein blasser Sonnenstrahl fiel auf die kleine, unter der Bettdecke zusammengerollte Gestalt. »Raus aus den Federn, Colline! Es ist schon zehn Uhr durch. Also, soll ich es dir verraten? Pass auf …«

Colline bewegte sich nicht.

Teresa trat näher, zog an der Bettdecke und … schrie auf. Statt des Mädchens lag Lapinou, das große Plüschkaninchen, im Bett.

Teresa und Clélie blickten sich besorgt an und begannen voller Unruhe, das Haus zu durchsuchen. Auch Martin, die Mitarbeiter der Bäckerei und sogar einige Stammkunden beteiligten sich an der Suche. Irgendwann jedoch mussten sich alle der Tatsache stellen, dass Colline nirgends zu finden war. Vorsichtshalber rief Teresa in der Schule an, aber Ende Juni hatten die Ferien bereits begonnen, und es war unwahrscheinlich, sie dort zu finden. Sie telefonierte auch mit einigen Mitschülern, ebenfalls ohne Erfolg. Ihre Angst wuchs.

Plötzlich musste Clélie an das Gespräch denken, das sie am Tag zuvor mit Colline geführt hatte. »Ich glaube, ich weiß, wo sie ist.«

»Wo denn?«, fragte Teresa.

»An einem Ort, wo ihr regelmäßig mit ihr hingeht …«

Teresa, Clélie und Martin verließen die Metro am Trocadéro, gingen die Avenue Paul-Doumer entlang und bogen in die Rue du Commandant-Schloesing ein. Sie durchquerten das riesige Tor mit der Nummer zwei, das 1934 vom Architekten Berger erbaut worden war, und betraten die stillen Wege des Friedhofs von Passy. Sie passierten den Bereich, wo der Schriftsteller Jean Giraudoux begraben war, und wandten sich nach rechts. Dort entdeckten sie das Mädchen.

Wenige Meter von ihnen entfernt saß Colline am Grab ihres Großvaters. Sie drehte ihnen den Rücken zu. Die warme Junibrise spielte mit ihren blonden Haaren, und ihr weißes Kleid ließ sie wie einen Engel aussehen. Clélie gab Teresa und Martin ein Zeichen zu warten und ging auf das kleine Mädchen zu. Als sie Colline erreicht hatte, setzte sie sich schweigend neben sie an das Grab.

Colline schien nicht überrascht zu sein. In der Hand hielt sie einen kleinen, schmiedeeisernen Engel, den sie auf den sonnenwarmen Stein legte. »Glaubst du, Opa ist da drin?«

Binnen einer Viertelsekunde kamen Clélie gleich mehrere Antworten in den Sinn. Es war die Art von Antworten, die man

Kindern gibt, wenn sie die unvermeidlichen Fragen über den Tod stellen, die niemand wirklich beantworten kann.

»Da drinnen muss er doch ersticken. Alles ist so fest verschlossen …« Tränen rollten über Collines Wangen und verloren sich an ihrem anmutigen Hals. Die Trauer ließ ihren kleinen Körper erbeben; sie schluchzte untröstlich.

»Er ist nicht da drin.«

Das Mädchen blickte Clélie aufmerksam an. »Woher weißt du das?«

»Weil er woanders ist. So ist es, wenn man tot ist.«

»Aber du warst doch noch nie tot, oder?«

»Nein, bisher nicht.«

»Woher weißt du es dann?«

»Ich weiß es, weil ich schon tote Menschen gesehen habe. Und sie waren fort, sie hatten ihren Körper verlassen.«

»Und wo sind sie hingegangen?«

»Das, meine Kleine, weiß niemand. Irgendwohin. In eine andere Welt.«

»Eine bessere Welt als diese?«

»Es gibt keine bessere Welt als diese hier. Hier leben wir, und nur hier können wir etwas verändern.«

»Und wenn wir es nicht schaffen?«

»Wir müssen es erst einmal probieren. Hast du es schon mal probiert?«

Colline runzelte die Stirn, wie sie es immer tat, wenn etwas sie beschäftigte. Auf ihrer Stirn tauchte ein hübsches Grübchen auf. »Ich habe Sandrine in der Schule getröstet, ich habe Manon zugehört, als ihre Eltern sich scheiden ließen, ich habe Bastien mein Pausenbrot gegeben, ich habe … Zählt so was überhaupt?«

»Natürlich zählt es.«

»Ich will meinen Opa sehen, Clélie.«

»Ich weiß.«

»Glaubst du, er ist fortgegangen, weil ich ungezogen war?«

»Natürlich nicht, mein Engel! Er ist gestorben, weil er krank war.«

»Aber warum? Warum war er krank?«

»Ich weiß es nicht.«

»Ich bin froh, dass du sagst, du weißt es nicht. Erwachsene erzählen oft alles Mögliche, nur um uns Kinder zu trösten. Aber in Wahrheit wissen sie auch nichts, oder?«

»Vielleicht nicht gar nichts, aber … nicht viel.«

Colline lächelte zwar ein wenig, doch sie wirkte so traurig, dass Clélie sich mit einem Mal hilflos fühlte.

»Kommst du mit?«

»Wohin?«, fragte das Mädchen.

»Nach Hause.«

»Zu dir?«

»Nein, zu dir.«

»Da will ich nie wieder hin. Nimm mich mit zu dir. Bitte, bitte!« Sie presste sich an Clélie und klammerte sich an sie.

Teresa und Martin kamen näher.

»Colline, wir müssen nach Hause.«

Die Kleine richtete sich auf und blickte ihre Mutter trotzig an. »Nein. Ich will nicht nach Hause.«

Teresa wurde unruhig. »Aber warum denn nicht?«

»Ich will nicht, dass du und Papa euch scheiden lasst, und ich will nicht zwischen euch wählen müssen.«

»Colline, Liebling, sei nicht albern.«

»*Ihr* seid albern«, erwiderte sie störrisch. Teresa versuchte einzulenken. »Wir fahren bald in Urlaub, mein Engel. Alles wird wieder gut, versprochen.«

»Ich will nicht in Urlaub fahren. Ich will zu Clélie ziehen.«

»Zu Clélie? Aber …«

Die beiden Frauen wechselten einen verblüfften Blick.

»Aber was? Ich will bei ihr wohnen. Also, ist das ein Ja? Wenn nicht, laufe ich wieder weg, das schwöre ich!«

Teresa war am Ende ihrer Kraft und setzte sich nun ebenfalls auf die Grabeinfassung. Sie wusste nicht mehr weiter. Lediglich Martin bewahrte einen kühlen Kopf.

»Komm schon, Schwesterchen, hör auf, solchen Unsinn zu reden. Wenn du magst, helfe ich dir, neue Wolken auf die Wände in deinem Zimmer zu malen. Bunte Wolken. Abgemacht?«

»Nein. Ich will zu Clélie.«

Clélie zerbrach sich den Kopf. Colline bei ihr zu Hause an der Place des Ternes? Wie sollte sie das bewerkstelligen? Sie müsste ihr ein Zimmer überlassen. Hinzu kam, dass ein Kind spielte, Lärm machte und Stunden am Computer verbrachte …

Colline baute sich mit vor der Brust verschränkten Armen vor Clélie auf und forderte sie mit Blicken heraus. »Also ja?«

Clélie sah Teresa an, die traurig nickte. Langsam stand sie auf und blickte Colline direkt in die Augen. »Ja. Du verbringst den Sommer bei mir.«

»Schwörst du es?«

»Ich schwöre.«

Colline griff nach Clélies Hand. »Dann haben wir jetzt einen Pakt und können es nicht mehr rückgängig machen«, fügte das Mädchen hinzu.

»Ich habe nicht die Absicht, es rückgängig zu machen.«

Teresa stand nun ebenfalls auf und machte sich mit Martin auf den Weg. Clélie ging voraus; Colline hielt ihre Hand und wirkte so leicht und befreit, dass sie auf den warmen, von der Junisonne gestreichelten Friedhofswegen in ihren Schnallenschuhen zu tanzen schien.

5

Als Teresa das blaue Zimmer betrat, fand sie Colline in einem wilden Durcheinander vor. Lapinou thronte auf einem Stapel aus Büchern, Taschen, Kleidung, Zeichnungen und Spielzeug. Auch der Prinzessinnensessel war dabei.

»Aber … Was hat das hier zu bedeuten?«, fragte Teresa.

Colline runzelte die Stirn. »Na, ich ziehe doch um.«

»Du ziehst um?«

»Aber Mama, du weißt doch, dass ich bei Clélie einziehe!«

»Du kannst aber nicht alles mitnehmen, was in deinem Zimmer ist!«

»Warum nicht?«

»Weil es nur für zwei Monate ist. Und stell dir mal Clélies Gesicht vor, wenn sie das alles hier sieht!«

Ein wenig entmutigt nahm Colline Lapinou in die Arme. Das Plüschtier war fast so groß wie sie, und Teresa musste ein Stück zur Seite treten, um ihre Tochter zu sehen.

»Deine Sachen können hierbleiben, Süße. Ich passe gut auf sie auf.«

Das Mädchen zögerte und trat von einem Fuß auf den anderen.

Teresa machte sich daran, alles wieder im Schrank zu verstauen. Auch den Prinzessinnensessel stellte sie an seinen Platz zurück, was Colline gar nicht gefiel.

»Nein, nicht! Den nehme ich mit.«

»Nein, das wirst du nicht.«

»Aber da setze ich mich hinein, wenn ich träumen will!«

»Clélie hat auch Sessel, weißt du?«

»Aber die sind keine Prinzessin …«

»*Du* bist die Prinzessin.« Teresa nahm ihre Tochter in die Arme und küsste sie. Colline erwiderte ihre Küsse, obwohl sie immer noch etwas besorgt wirkte. »Schatz, du gehst zu Clélie, um auf andere Gedanken zu kommen. Was soll es da bringen, wenn du dein ganzes Zimmer mitnimmst?«

»Ja, stimmt.«

Teresa seufzte und stellte sich Clélies Gesicht vor, wenn sie mit Lapinou und dem ganzen Rest bei ihr aufkreuzten.

»Bist du sauer, Mama?«

»Wie kommst du darauf, Süße?«

»Weil ich zu Clélie gehe. Ich will dir nicht wehtun. Es ist nur, weil …« Colline verstummte, doch die Traurigkeit auf ihrem Gesicht traf Teresa mitten ins Herz.

»Es ist nicht schlimm, Süße. Alles wird wieder gut. Aber eins musst du mir versprechen.«

»Was denn?«, fragte Colline.

»Versprich mir, dass du isst.«

Colline schwieg.

»Versprich es mir, Schatz.«

»Na gut, ich verspreche es.«

»Der Doktor glaubt, dass es dir guttut, den Sommer bei Clélie zu verbringen, und er hält es für eine gute Idee, wenn wir für eine Weile ein wenig Abstand voneinander haben.«

»Heißt das, dass wir uns den ganzen Sommer nicht sehen?«

»Ja, das heißt es. Aber du kannst mich jederzeit anrufen, wenn du willst, Schätzchen.«

»Und Papa? Weiß er auch, wo ich bin?«

»Ich habe ihm eine SMS geschickt und es ihm geschrieben. Komm jetzt, wir räumen deine Sachen ins Auto.«

Martin half ihnen, die Taschen in den Wagen zu bringen, doch Colline weigerte sich, ihm Lapinou zu überlassen.

Sie setzte das Kaninchen eigenhändig ins Auto und vergaß auch nicht, es anzuschnallen. Dann lief sie ein letztes Mal in ihr Zimmer und schaute sich um. Sie küsste die rosa Wolken an den Wänden, die Schmetterlinge über dem Schreibtisch und die Engel auf ihrem Betthimmel und umarmte ihren Prinzessinnensessel. »Auf Wiedersehen, meine Freunde …«

Sie richtete sich auf und winkte ihnen noch einmal zu. Wenig später stieg sie ins Auto und zog die Tür hinter sich zu.

6

Clélie hatte die ganze Wohnung gesaugt, die Möbel abgestaubt, die Vorhänge ausgeschüttelt, gut durchgelüftet und versprühte nun ein Spray mit ätherischen Ölen – ein Geschenk von Théodore Toumi, ihrem Nachbarn auf derselben Etage, der sich mit Pflanzen und vielen wichtigen Dingen auskannte. Nachdem die Wohnung tipptopp war, ging Clélie, weil sie sich nicht entspannen konnte, zu Rose, die ihre Tür weit öffnete.

»Klarmachen zum Gefecht!«, sagte Clélie.

»Was ist los? Habe ich etwas verpasst?«

»Der Einmarsch steht unmittelbar bevor.«

»Schon? Ich dachte, Sie hätten einen Aufschub vereinbart.«

»Wir haben gar nichts vereinbart. Es handelt sich um einen Notfall.«

»Also gut, keine Sorge. Wir regeln das schon.« Rose nahm ein kleines Notizbuch vom Wohnzimmertisch. »Also, Generalinspektion: Haushalt?«

»Ist erledigt.«

»Einkäufe?«

»Sind getätigt.«

»Wäsche?«

»Alles ist sauber. Das Bett ist bezogen. Ich habe alles so gemacht, wie Sie es mir gesagt haben.«

»Perfekt. Sie soll ihr Bett selbst machen, das tut ihr gut. Oberstes Gebot: Autonomie! Die Spielsachen, die Sie gekauft haben?«

»Habe ich in ihr Zimmer gelegt.«

Rose strahlte. »Das hört sich doch alles sehr gut an!«

»Meinen Sie? Ach, Rose, ich habe Lampenfieber.«

»Es wird schon klappen, vertrauen Sie mir. Doch seien Sie nicht zu nett. Kinder brauchen Grenzen, sonst fürchten sie sich.«

»Aber die Kleine ist ohnehin schon so ängstlich …«

»Eben drum, Clélie! Ich verlasse mich auf Sie. Gehen Sie ruhig wieder nach oben. Sobald sie ankommt, klopfen Sie drei Mal auf den Boden. Weiß Théodore Bescheid?«

»Ja. Die anderen auch?«

»Alle sind informiert. Clélie: Rühren!«

Sie lachten laut, und Clélie hastete im Sturmschritt in ihre Wohnung hinauf.

Kaum hatte sie die Tür geöffnet, als sich schon der köstliche Duft der ätherischen Öle um sie herum ausbreitete. Sie überprüfte noch einmal, ob alles in Ordnung war, setzte sich auf den Balkon, von dem aus sie einen unverbaubaren Blick auf die Straße genoss, und … schlief ein.

Geweckt wurde sie vom Klingeln des Telefons.

Rose schrie in den Hörer: »Sie kommt! Ich sage allen Bescheid.«

Clélies Herz pochte plötzlich wie verrückt. Schon klingelte es. Sie öffnete sofort, hörte, wie sich die schwere Eingangstür unten schloss und sich jemand im Treppenhaus bewegte. Clélie trat aus ihrer Wohnung, atmete tief durch, überprüfte ein letztes Mal den

Sitz ihrer Frisur und ging die Treppe hinunter. Im dritten Stock kam sie an Rose vorbei, die ihr ermutigend zuwinkte. Schließlich erreichte sie das Erdgeschoss, wo Teresa und Martin Collines Sachen in den Aufzug packten. Alle küssten sich zur Begrüßung.

Clélie nahm Colline an die Hand und zog sie zur Treppe. »Komm, wir gehen zu Fuß nach oben.« Sie zwinkerte Colline zu.

Die Fahrstuhltür schloss sich, und der Aufzug setzte sich in Bewegung, mit Martin, Teresa und all ihren Sachen darin. Colline runzelte die Stirn und folgte Clélie mit Lapinou in den Armen. Es war bestimmt nicht einfach, mit einem so großen Kaninchen die Treppe hinaufzusteigen, aber sie ging tapfer weiter und erlebte eine Überraschung.

Alle im Haus wussten Bescheid, dass sie kam. Die Bewohner standen vor ihren Türen und lächelten Colline zu. Die erste Etage war den Mitarbeitern des Bio-Sandwich-Ladens *Pomme-Poire* unten im Haus vorbehalten. Zwei von ihnen begrüßten sie. Colline fühlte sich wie im siebten Himmel. Im zweiten Stock wartete eine hübsche junge Frau, die ebenfalls lächelte.

»Colline, darf ich dir Mirabelle Côme vorstellen. Sie ist gerade erst eingezogen. Mirabelle, das ist Colline.«

»Guten Tag, Colline!«

»Guten Tag, Madame … äh, Mademoiselle … äh, ich weiß nicht.«

»Einfach Mirabelle.«

Colline zeigte auf die gegenüberliegende Tür, die geschlossen geblieben war. »Wer wohnt dort?«

»Monsieur Lefron.«

»Und er begrüßt mich nicht?«

»Nein. Er begrüßt niemanden.«

»Niemals?«

»Niemals.«

»Warum?«

Clélie zog sie hinter sich her, ohne zu antworten. »Komm, Liebes!«

Colline winkte Mirabelle zu, drückte Lapinou fest an sich und ging weiter. Im dritten Stock wartete Rose auf sie. Colline warf sich in ihre Arme, ließ jedoch das Kaninchen nicht los, was die Umarmung etwas erschwerte.

»Mein Liebling, es ist so schön, dich wiederzusehen!«

Clélie stellte ihr Roses Nachbarn Marc Grandjean, seine Frau Lou, ihren dreijährigen Sohn Timothé und ihr drei Monate altes Baby Aglaë vor. Auch die Grandjeans hießen Colline herzlich willkommen.

»Jetzt aber los!« Rose grinste und scheuchte sie weiter.

Colline musste lachen, und zusammen mit Clélie stieg sie die restlichen Stufen hinauf, die sie noch vom vierten Stock trennten.

Die Taschen des Kindes warteten bereits auf dem Treppenabsatz, und Clélie wurde sich plötzlich der »Invasion« bewusst, die ihr bevorstand. Sie fing den schalkhaften Blick ihres Nachbarn Théodore auf.

»Sieht aus, als würde sich bei Ihnen etwas ändern!«, sagte er.

»Colline, erinnerst du dich an Théodore Toumi?«

Das Mädchen blickte ihn unsicher an. »Guten Tag, Monsieur.«

»Guten Tag, Colline. Du darfst mich gern Théodore nennen.«

Colline blieb reglos stehen. Der durchdringende Blick des alten Mannes schüchterte sie ein. »Wie alt bist du?«, fragte sie schließlich.

»Einundachtzig«, antwortete er freundlich.

»Einundachtzig Jahre alt oder jung?«

Er lächelte. »Das ist eine ausgezeichnete Frage! Du wirst sie selbst beantworten müssen«, sagte er schelmisch. »Ich wohne gegenüber von Clélie, wir sind also sozusagen Nachbarn. Wenn du willst, kannst du mich besuchen. Meine Tür ist immer offen.«

»Wirklich? Du wohnst mit offener Tür? Aber ... dann erkältest du dich doch!«

Théodore brach in ein ansteckendes Lachen aus, das bis zu Rose hinunter zu hören war.

Clélie führte Colline in den fünften Stock, wo sie ihr das Studentenpaar Damien und Caroline sowie die Opernsängerin Clothilde Legrand vorstellte, die wunderschöne rote Haare hatte.

Dann gingen sie wieder hinunter. Martin schleppte gerade Collines Taschen ins Wohnzimmer. Das große Plüschkaninchen fand seinen Platz auf der Couch. Die Wohnung kam Clélie plötzlich viel kleiner vor, und sie bekam Herzklopfen.

»Gut«, sagte Teresa und blickte sich um, »dann machen Martin und ich uns mal wieder auf den Weg.« Aber Colline hielt sie zurück. »Wo geht ihr denn jetzt hin?«

»Nach Hause, mein Schatz.«

Auf dem Gesicht des Mädchens spiegelte sich tiefe Ratlosigkeit. »Aber ihr könnt doch noch bleiben!«

»Nein, Kleines. Clélie wird dir helfen, dich einzurichten, und wir haben noch sehr viel zu tun.«

»Willst du ... willst du denn nicht sehen, wo ich schlafe?«

»Ich kenne die Wohnung, mein Schatz.«

»Aber ... wollt ihr nicht noch ein bisschen länger warten?«

Teresa kniete sich vor ihre Tochter und sah ihr in die Augen. »Colline, du wolltest bei Clélie wohnen, richtig?«

»Ja, aber ...«

»Du wirst dich hier sehr wohlfühlen, mein Herz. Außerdem sind wir nicht weit weg. Clélie wird mich regelmäßig auf dem

Laufenden halten, und du weißt, dass du mich anrufen kannst, wann immer du willst.« Teresa küsste sie, drückte sie noch einmal an sich und zwang sich dann aufzustehen. Heimlich, damit Colline es nicht bemerkte, wischte sie sich eine Träne von der Wange.

Martin verabschiedete sich von seiner Schwester. Colline begleitete die beiden bis zur Tür und versuchte, sie unter tausend Vorwänden aufzuhalten. Clélie wechselte noch ein paar Worte mit Teresa, dann verschwanden Mutter und Sohn im Fahrstuhl.

Plötzlich fühlte sich Colline ganz leer. Sie lief auf den Balkon, um zuzusehen, wie ihre Mama und ihr Bruder ins Auto stiegen. Als der Wagen angelassen wurde und davonfuhr, begann sie zu weinen.

Clélie ging auf sie zu, wusste aber nicht, was sie tun sollte. Eine kurze Bestandsaufnahme der Situation ergab ein wenig ermutigendes Bild: Mehrere Taschen und ein riesiger Plüschhase stapelten sich in ihrem Wohnzimmer, während ein neunjähriges Mädchen heiße Tränen vergoss. Das fing ja gut an …

Sie beschloss, aktiv zu werden, und bereitete das Abendbrot zu.

Das Mädchen rührte es kaum an. Gegen zehn Uhr abends ging Colline mit Lapinou zu Bett.

Clélie setzte sich zu ihr. »Schlaf gut, mein Schatz. Bis morgen.«

Sie wollte gerade das Zimmer verlassen, als das Mädchen sie zurückrief.

»Clélie …?«

»Ja, mein Herz.«

»Warum lassen Papa und Mama sich scheiden? Warum sind die Menschen so unglücklich?«

Clélie wurde plötzlich schwindelig. Sie stammelte ein paar Banalitäten und riet Colline, schnell einzuschlafen.

In dieser Nacht fand Clélie keinen Schlaf. »Warum lassen Papa und Mama sich scheiden? Warum sind die Menschen so unglücklich?« Sie hatte nicht gewusst, was sie antworten sollte. Collines fragender Blick und ihr trauriges Gesicht hatten ihr fast den Atem geraubt. Sie hätte gern eine hübsche Geschichte erfunden und die Kleine mit witzigen, intelligenten Sätzen zum Lachen gebracht. Doch sie sah sich selbst wieder als kleines, von allen verlassenes Mädchen, das *SOS* auf beschlagene, kalte Fensterscheiben schrieb.

Kinder schickten ganze Raketenladungen von Fragen in die Unendlichkeit, die häufig jedoch erst viel später vom Leben beantwortet wurden. Das aber ist oft zu spät: Dann haben sie ihre Fragen vergessen.

Clélie wurde das Herz schwer. Wenn sie einschlafen könnte, entkäme sie dem Druck, der auf ihr lastete. Schlaf war eine Flucht, ein der Nacht geraubter Atemzug. Aber im blassen Zwielicht und unfähig, zu schlafen, kehrte alles zu ihr zurück, was sie im Lauf der Zeit erlebt hatte: Lachen, ihr brennendes Herz, Freunde, eine untergegangene Liebe und all das, was nicht wiederbelebt werden konnte. Ihre Augen brannten. Sie versuchte, langsam und tief zu atmen, wie Théodore es sie gelehrt hatte. Nur nicht weinen! Vor allem nicht weinen!

Schon vor langer Zeit hatte sie ihre Trauer tief in ihrem Herzen begraben. Collines Fragen aber waren im Begriff, sie wieder heraufzubeschwören, und diese Aussicht erschreckte Clélie.

7

Als Clélie am nächsten Morgen die Tür zum Schlafzimmer der Kleinen öffnete, schlief Colline fest an Lapinou gedrückt. Bewegt vom Anblick des unschuldigen Kindes, blieb sie lange Zeit reglos stehen. Schließlich öffnete sie die Vorhänge. Ein Sonnenstrahl traf Collines Stirn. Das Mädchen blinzelte. Clélie öffnete das Fenster. Warme Luft drang in den Raum, der sich mit Geräuschen, entferntem Hupen und Musik füllte.

Colline öffnete ein Auge und kniff es gleich wieder zu. »Oh nein, ich will nicht, dass schon Morgen ist!«

»Warum das denn?«

»Sobald ich die Augen öffne, muss ich an Papa und Mama denken und an alles, was schiefgeht. Das macht mich traurig. In der Nacht geht es mir gut. Ich träume oft, dass ich fliege.«

»Fliegst du gern?«

»Und wie!«

»Du kannst auch tagsüber fliegen.«

Colline runzelte die Stirn und sah Clélie an. »Wie denn?«

»Das werden wir beide herausfinden. Aber in der Zwischenzeit sagen wir Ja!«

»Ja?«

»Ja!«

»Ja wozu?«

»Ja zur Sonne!«

Colline schaute zum Fenster hinüber, antwortete aber nicht.

»Ja zu den Sternen!«

Noch immer schwieg das Mädchen.

»Ja zum Lachen!«

Colline sprang mit einem Satz auf und schwenkte ihr Stofftier hin und her. »Ja zu Lapinou!«

»Ja zu Brokkoli!«

»Bäh!«

Clélie lachte. »Ja zum Staubsauger!«

»Ja zu Schmetterlingen, Libellen und Vögeln!«

»Ja zu Begegnungen!«

»Ja zu den Freunden aus meinen Träumen!«

»Ja zu deinen echten Freunden!«, ergänzte Clélie.

Colline blickte sie verdutzt an. »Glaubst du, ich werde eines Tages Freunde haben?«

»Natürlich! Außerdem hast du schon welche.«

»Wen denn?«

»Nun, zum Beispiel Rose, Théodore und mich. Das macht schon drei Freunde.«

»Gut, aber ich meinte Freunde, die so alt sind wie ich.«

»Natürlich findest du auch solche Freunde. Aber weißt du, Freundschaft ist keine Frage des Alters«, antwortete Clélie.

»Sondern wovon?«

»Es ist eine Frage des Herzens. Deines Herzens, wie du es dir eingerichtet hast.«

»Wie eine Burg?«

»Genau. Ein Herz aus solidem Stein.«

»Aber trotzdem kein hartes, kaltes Herz«, sagte das Mädchen.

»Du hast es begriffen. Ein großes Herz mit festen Fundamenten, einer Zugbrücke, Luken …«

»… und hohen Türmen, in denen man sicher ist.«

»Und mit einem Ausguck!«

»Und ringsherum Wasser mit Delfinen drin.«

»Ja, genau so.«

»Das gefällt mir, Clélie. Aber wie bekommt man so ein Herz?«

Clélie dachte einen Moment nach, ehe sie antwortete. »Das, meine Kleine, ist die große Frage.«

»Kann schon sein, doch ich will die Antwort!«, entgegnete Colline und stampfte mit dem Fuß auf.

»Gut, dann müssen wir sie finden.« Clélie überlegte. Sie hatte sich in Schwierigkeiten gebracht. Wo fand man eine solche Antwort? Doch dann fiel ihr etwas ein. »Warum fragen wir nicht einfach Rose?«

»Jetzt?«

»Ja, jetzt! Zieh dich an und los!«

Colline klatschte in die Hände. »Ich nehme Lapinou mit!«

Clélie beobachtete das Kind. Die Traurigkeit, die Collines Gesichtszüge noch wenige Minuten zuvor verdüstert hatte, war verschwunden. Schon jetzt wusste Clélie, dass sie sich erst wieder richtig wohlfühlen würde, wenn sie dem Mädchen geholfen hatte, seinen Kummer ein für alle Mal zu überwinden. Sie würde tun, was sie konnte, um sich zwischen Colline und diesen zähen Nebel der Traurigkeit zu stellen. Mit neun Jahren dürfte man so etwas noch nicht empfinden.

8

Colline wollte den Aufzug nehmen, damit es sich so anfühlte, als »wäre sie in einem Flugzeug«. Sie landeten eine Etage tiefer und klingelten bei Rose, die sie mit einem breiten Lächeln begrüßte.

»Hallo, meine Freundinnen!«

Colline warf sich samt ihrem Plüschkaninchen in ihre Arme.

»Vor uns liegt ein wundervoller Tag!«, rief Rose.

»Wir stören doch nicht, oder?«, fragte Clélie.

»Wie können Sie nur so etwas denken? Ich lese gerade *Der letzte Tag eines Verurteilten*. Setzt euch und hört zu.«

Clélie war sich nicht sicher, ob diese Lektüre gerade jetzt die richtige war, doch sie ließ sich mit Colline und Lapinou auf der Couch nieder, während Rose das Buch von Victor Hugo aufschlug und mit Nachdruck deklamierte:

Bicêtre

Zum Tode verurteilt! Seit fünf Wochen wohne ich mit diesem Gedanken zusammen, stets allein mit ihm, stets von seiner Gegenwart durchfroren, stets von seinem Gewicht niedergedrückt!

Früher (es scheinen mir eher Jahre als Wochen) war ich ein Mensch wie ein anderer. Jeder Tag, jede Stunde, jede Minute, hatte ihren eigenen Gedanken. Mein Geist, jung und reich, schwelgte in Phantasien. Er führte zu seinem Vergnügen die Träume einen nach dem andern an sich vorüber, ohne Regel und ohne Ende. So webte er unablässig Arabesken in diesen rohen dünnen Stoff des Lebens. Ich zauberte mir junge Mädchengestalten vor, glänzende Machtstellungen, gewonnene Schlachten, Theateraufführungen voller Glanz und Schall, und wieder Gestalten junger Mädchen und Spaziergänge mit ihnen unter breitästigen Kastanien. Es war immer Feuer in meiner Einbildung. Ich konnte noch an das, was ich wollte, denken, ich war frei.

Jetzt bin ich gefangen. Mein Körper liegt in Eisen, in einem Gefängnis, mein Geist ist gelähmt und gekettet von einem Gedanken. Es ist ein grauenhafter, blutiger, unversöhnlicher Gedanke. Ich habe nur noch eine Vorstellung, eine Überzeugung und eine Gewissheit: zum Tode verurteilt!

Colline starrte Rose reglos und außer Atem an. Ihr Herz war schwer. Der arme Mann!, dachte sie. Sie stellte sich das Schicksal dieses Unbekannten vor, allein in seiner Zelle, ohne einen anderen Menschen. Sie konnte die Eisenketten, die Kälte und seine Einsamkeit spüren. Tränen rollten über Collines Wangen.

Die Reaktion des Mädchens überraschte Rose, die immer noch in Hugos starke Worte vertieft war, aber sie erkannte darin das Talent des von ihr verehrten Autors, die Wirklichkeit wiederzugeben. Die heftige Reaktion des Kindes entwaffnete auch Clélie.

»Schon gut, mein Schatz, das ist doch nicht schlimm«, sagte sie.

»Aber natürlich ist es schlimm!«, entgegnete Rose. »Schließlich geht es um einen Mann, der zum Tod verurteilt wurde.«

»Rose, ich weiß nicht recht …«

»Also ehrlich, Clélie, bringen wir es doch auf den Punkt! Dieses Kind zeigt die einzige Reaktion, die man unter solchen Umständen zeigen sollte: Mitgefühl. Was im Übrigen zwei Dinge unter Beweis stellt: Collines Empathie und Hugos Genie.«

So aber sah Clélie die Dinge nicht. Sie ertrug es nicht, Colline weinen zu sehen, und fühlte sich schuldig, weil sie ihrer Meinung nach ihre Tränen heraufbeschworen hatten.

Rose jedoch verfolgte ihren Gedanken weiter. »Dieses Buch ist ein Plädoyer gegen die Todesstrafe, der Meilenstein eines der größten französischen Schriftsteller. Wenn Colline mit ihren neun Jahren in der Lage ist, sich nach der Lektüre eines Auszugs aus diesem Text derart aufzuregen, dann ist noch alles möglich!« Sie klatschte fröhlich in die Hände und setzte sich auf den Couchtisch dem Mädchen gegenüber. »Weißt du was? Wir machen jetzt eine kleine Analyse. Das heißt, wir schauen uns den Textausschnitt einmal ganz genau an.«

Colline blickte sie mit ihren wunderschönen blauen Augen an, die noch feucht glänzten.

»Wir nehmen den Text, den ich gerade vorgelesen habe, und du sagst mir, was dich bewegt hat. Magst du?«

Colline antwortete nicht gleich.

»Das gilt auch für Sie, Clélie«, fügte Rose schelmisch hinzu. »Auf zur Literaturstunde!«

Sie reichte Colline das Buch. Clélie schob Lapinou nach rechts und rückte neben das Mädchen.

»Gut«, meinte Rose. »Beginnen wir mit dem Anfang des Textes. Colline, was genau hat dich da so betroffen oder traurig gemacht? Du kannst Sätze oder Wörter zitieren, ganz wie du magst.«

Das Mädchen las den Text noch einmal durch. Ihr Mitgefühl mit dem Verurteilten zeichnete sich dabei auf ihrem Gesicht ab.

»›Zum Tode verurteilt … durchfroren … niedergedrückt … in Eisen, in einem Gefängnis, mein Geist ist gelähmt und gekettet … grauenhaft … blutig …‹«

»Sehr gut«, lobte Rose. »Was ist mit Ihnen, Clélie?«

»Hm … Collines Auswahl finde ich sehr gut.«

Rose reichte ihnen ein Blatt Papier. »Ich bitte euch, einmal in Ruhe darüber nachzudenken, wie ihr euch beim Lesen dieses Textes fühlt, und es in Worte zu fassen.«

Colline schrieb schnell. Clélies Stift blieb unbenutzt; sie konnte kein Wort schreiben.

»Ich stelle fest, dass Clélie heute Morgen nicht sehr inspiriert ist«, sagte Rose schmunzelnd und zwinkerte Colline zu. Sie nahm das Blatt, das das Mädchen ihr hinhielt, und las: »*Ich bin traurig. Ich muss weinen, und ich würde den Mann gern aus dem Gefängnis befreien.*« Rose sah wieder auf. »Das ist gut! Seht ihr, wir haben jetzt innerhalb weniger Minuten zweimal die Kraft der Worte erlebt. Zunächst die der Worte Victor Hugos, dieses großen Meisters. Es brauchte nur ein paar Zeilen Text, damit wir spürten, wie sich ein zum Tode Verurteilter fühlt. Das ist eine Kunst. Danach habe ich euch gebeten, eure Gefühle aufzuschreiben, damit sie nicht in euch stecken bleiben, sondern ihr solltet eure Trauer, eure Empörung und euer Ungerechtigkeitsempfinden aussprechen … Empfindungen und Gefühle sind zwar eine starke, aber auch eine ziemlich schlecht greifbare Sache. Sie in Worte zu fassen kann sie in Schach halten. Stellt es euch vor wie ein Glas Wasser. Die Gefühle sind das Wasser, es fließt überall hin und dringt überall ein, doch das Wort ist das Glas, das es zusammenhält. Wenn du also traurig bist, Colline, rate ich dir, ein Heft zu nehmen und deine Traurigkeit in Worte zu fassen. Natürlich funktioniert das auch mit Freude.«

Colline sah sie mit großen Augen an. Das Bild vom Glas

Wasser gefiel ihr sehr gut. Wenn sie das nächste Mal traurig war, würde sie ihre ganze Trauer in ein großes Glas packen und ins Spülbecken ausleeren.

»Gut«, meinte Rose und stellte das Buch zurück ins Regal, »ich habe ganz vergessen zu fragen, ob es einen besonderen Grund für euren Besuch gibt.«

»Aber nein«, antwortete Clélie, die plötzlich müde war.

»Oh, doch!«, widersprach Colline. »Wir haben eine Herzensfrage.« Herzensfrage. Colline liebte das Wort, seitdem sie es zum ersten Mal gehört hatte.

Sie erklärten der ehemaligen Französischlehrerin kurz, worum es ging.

Rose runzelte die Stirn. »Wie ich sehe, beschäftigt ihr euch also schon am frühen Morgen mit Metaphysik!«

»Meta… was?«, wollte Colline wissen.

»Nimm dein Blatt und schreibe: M-E-T-A-P-H-Y-S-I-K.«

Colline gehorchte.

»Dabei geht es um die Suche nach den Ursachen, dem Ursprung der Dinge. Ich schlage euch Folgendes vor: Ich antworte euch morgen früh zur selben Zeit. Das verschafft mir ein paar Stunden, um darüber nachzudenken. Wäre das in Ordnung?«

»Klar!«, rief Colline und klatschte in die Hände.

»Inzwischen geht ihr am besten hinaus an die frische Luft. Das Wetter ist ganz toll.«

Colline nahm Clélies Hand. Sie fand es eine sehr gute Idee, »an die frische Luft« zu gehen.

Rose sah den beiden aus dem Fenster nach, wie sie mit Lapinou davonschlenderten.

Eine warme, klare Sonne schien auf die Avenue des Ternes. Colline hüpfte fröhlich an Clélies Hand. Sie liebte diese große, etwas geheimnisvolle Frau, die sie schon immer gekannt und die etwas ganz Besonderes war. Clélie glich niemandem. Sie war ein dunkler Typ, hatte schwarze Mandelaugen und eine imposante Nase, die ihr viel Charakter verlieh. Sie zog sich geschmackvoll an, obwohl das, was sie trug, unmöglich zu jemand anderes gepasst hätte. Sie kombinierte Farben, die eigentlich nicht zusammenpassten, hatte eine Vorliebe für außergewöhnliche Drucke und trug mitten im Winter Sommerkleider. Kurz und gut, sie war originell, und Colline bewunderte sie sehr. Manchmal beobachtete das Mädchen sie aus dem Augenwinkel und nahm eine gewisse Traurigkeit an ihr wahr. Vor allem in Clélies Augen zeigte sie sich, als hätte sie früher einmal etwas sehr Trauriges erlebt. Trotz ihres sehr entwickelten sechsten Sinnes konnte Colline nicht herausfinden, was es war, doch sie wusste, dass diese Frau ein Geheimnis hatte. Ein Geheimnis, das Clélie eine besondere Ernsthaftigkeit verlieh.

In der Avenue des Ternes standen große, grün belaubte Bäume, die von der Stadtverwaltung alle drei Jahre einmal beschnitten wurden, um sie neu zu beleben. Sie sahen dann eine Weile kahl und armselig aus, bis ihre Blätter wieder nachwuchsen.

Colline lächelte Passanten an, winkte Kindern zu und betrachtete alle Hunde ganz genau. Sie liebte Tiere, obwohl ihr Vater sie als »schmutzig« bezeichnete. Das Mädchen hatte immer dagegengehalten, dass nicht die Tiere unsauber waren, sondern ihre Besitzer, aber sie hatte seine Meinung nicht ändern können. Colline fand die Menschen viel schmutziger, weil sie oft so gemein zueinander waren.

Plötzlich klingelte das Handy, das ihr Vater ihr geschenkt hatte, damit sie ihn überall erreichen konnte. Sie erkannte seine Nummer auf dem Display und nahm überglücklich das Gespräch an. »Papa?«, meldete sie sich fröhlich.

»Na, Kleines?« Er klang gehetzt.

Colline dachte, dass »Kleines« ein guter Name für sie war. In den Augen ihres Vaters war sie winzig klein, fast unsichtbar.

»Ich habe nicht viel Zeit. Ich bin am Flughafen, und gleich geht mein Flieger.«

»Wo fliegst du hin?«

»In die Vereinigten Staaten.«

»Schon wieder?«

»Wegen der Arbeit.«

»Ja …«

»Alles in Ordnung bei dir?«

Die gehetzte Stimme ihres Vaters dröhnte ihr ins Ohr. Sie wusste, dass er ihr gar nicht zuhörte.

»Ja, ja …«

»Gut, ich wollte mich nur von dir verabschieden. Ich muss jetzt los. Bis bald, mein Kleines, sei brav.«

Er legte auf, ehe sie ihm Auf Wiedersehen sagen konnte. Und plötzlich schien ihr alles verdorben. Was für sie einen Augenblick zuvor noch geleuchtet hatte, wurde trüb und leblos. Die Traurigkeit griff ihr an die Kehle, eine Falltür öffnete sich in ihrem Herzen, und es war, als stürzte sie in eine endlose Grube. Mitten auf der Straße blieb sie stehen.

Clélie begriff sofort, was passiert war, und verfluchte Hugues Delsol innerlich. Colline schnappte nach Luft und verdrehte die Augen, wie jedes Mal, wenn ihre Gefühle sie überwältigten.

»Colline … Colline, Liebling, sieh mich an!«

Zwei blaue Augen voller Tränen hefteten sich auf Clélie.

»Atme weiter … Ich bin doch hier. Ich bin bei dir, Schätzchen.«

Colline warf sich in ihre Arme und klammerte sich an sie, flüsterte ihren Namen.

»Ja, ich bin da.«

Wieder einmal staunte Clélie über die Intensität von Collines Reaktionen. Sie vermutete, dass sich ein anderes Kind die Dinge wahrscheinlich nicht so stark zu Herzen genommen hätte. Aber diese Kleine empfand alles so direkt und unmittelbar, als hätte sie keinen Filter, und das beunruhigte Clélie über alle Maßen. War es möglich, so zu leben?

Sie hockte sich vor Colline hin und schaute ihr direkt in die Augen.

»Wir beide haben beschlossen, spazieren zu gehen, und niemand, wirklich niemand wird uns diesen Tag verderben. Ist das klar?«

Colline wirkte ein wenig verloren.

»Ist das klar?«, wiederholte Clélie mit Nachdruck.

»Ja«, antwortete das Mädchen ganz leise.

»Gut, dann gehen wir jetzt weiter.« Sie setzte sich in Bewegung und zog das Kind hinter sich her. Dabei erzählte sie Colline Geschichten aus ihrer Bäckerei: wie sie zum Beispiel einmal nur wenige Stunden vor der Eröffnung ohne Bäckermeister dagestanden und daraufhin beschlossen hatte, auch das Brot selbst zu backen, obwohl sie befürchtet hatte, viele Kunden zu verlieren. Clélie erklärte, dass sie ihr Bestes gegeben hatte. Und dass alle Angst unnötig gewesen war. Dass so etwas im Leben häufig vorkomme. Ein wenig unbeholfen zählte sie Beispiele auf, aus denen Colline etwas für sich selbst lernen konnte. Dabei beschönigte Clélie nichts, denn sie war der Ansicht, dass es keinen Sinn machte, auf Illusionen aufzubauen. Ja, das Leben war manchmal hart – warum sollte man das leugnen? Aber für jeden gab es einen Platz, davon war sie überzeugt. Und sie wollte Colline mit all ihrer Kraft helfen, den ihrigen zu finden.

9

Am selben Tag begegnete Colline gegen sieben Uhr abends Clélies Nachbarn Théodore Toumi im Treppenhaus. Er hatte einen Teppich und ein seltsames Kissen bei sich, die das Mädchen faszinierten. Er begrüßte sie mit seinem warmen Lächeln und stieg mit ruhigen Schritten die Treppe hinunter. Colline wartete einen Moment und folgte ihm dann verstohlen.

Er verließ den Flur, trat in den Garten hinaus und setzte sich in Lotosposition unter einen Baum. Trotz seiner einundachtzig Jahre hatte er sich eine Gelenkigkeit bewahrt, um die viele Jugendliche ihn hätten beneiden können. Sein schwarzes Meditationskissen hatte er im dichten Gras unter einem Baum abgelegt. Eine Amsel sang auf dem höchsten Ast. Der Himmel war klar, und eine sanfte Frische lag in der Luft.

Théodore schloss die Augen und begann mit kerzengeradem Rücken und ruhigem Blick mit seiner Meditation. Eine tiefe, heitere Ruhe überkam ihn. Seit Jahren schon meditierte er jeden Morgen und jeden Abend. Ein japanischer Meister hatte ihn initiiert. Damals im Dojo, den Théodore mit der Regelmäßigkeit eines Metronoms besucht hatte, war der Meister mit einem Stock bewaffnet gewesen und hatte nicht gezögert, seinen Jüngern leichte Schläge auf den Rücken zu versetzen, wenn sie sich nicht gerade hielten.

Théodore hatte die Disziplin beibehalten und meditierte hoch aufgerichtet, ohne auch nur darüber nachdenken zu müssen. Die Übungen in der Lotusposition hatten seine Gelenke beweglich gehalten und verliehen ihm die Körperbeherrschung eines jungen Mannes.

Ein Geräusch zwischen den Blättern erregte seine Aufmerksamkeit. Er blinzelte ins Grün, konnte aber nichts entdecken und gab sich wieder seiner Meditation hin. Doch bald schon hörte er das Geräusch erneut. Dieses Mal entdeckte er blonde Locken hinter den Sträuchern. Er lächelte. »Colline?«

Keine Antwort.

»Komm ruhig näher, keine Angst.«

Nach kurzem Zögern erschien das Mädchen.

Théodore lächelte es an. »Ich freue mich, dich wiederzusehen.«

Verlegen hielt Colline ein wenig Abstand, denn sie fürchtete, Théodore gestört zu haben. Er stand auf und machte ihr ein Zeichen, sich neben ihn auf die Meditationsmatte zu setzen. Zögernd ließ sie sich ganz am Rand nieder, um möglichst wenig Platz einzunehmen.

»Ist das ein fliegender Teppich?«, erkundigte sie sich.

»Das ist richtig.«

»Und du reist damit?«

»Genau! Ich mache damit die schönste aller Reisen – die Reise ins Innere. Und das dort«, fuhr er fort und zeigte auf das Kissen, »ist ein Zafu.«

»Zafu«, wiederholte Colline. »Das hört sich lustig an!«

»Nicht wahr?«, antwortete er verschmitzt.

Colline beobachtete ihn. Sie liebte seinen ruhigen Blick und sein warmes Lächeln. Er schien ihr seine komplette Aufmerksamkeit zuzuwenden, ganz anders als ihr Vater, der sich immer zwischen zwei Flügen, zwei Terminen und zwei Telefonaten befand. Ganz zu schweigen von den Textnachrichten, die er ständig erhielt und verschickte. Colline fühlte sich nie wichtig, wenn sie mit ihm zusammen war.

Théodore hatte wieder die Lotusposition eingenommen. Verblüfft sah sie ihm zu.

»Wie machst du das?«, fragte sie.

»Es ist ganz einfach«, antwortete er lachend. »Ein Bein so und das andere darüber.«

»Sieht aus, als wärst du aus Gummi. Kann ich es probieren?«

»Na klar! Ich passe auf.«

Colline zog die Jeans ein Stück höher und versuchte, Théodore nachzuahmen, verlor aber das Gleichgewicht. Nach mehreren erfolglosen Versuchen gab sie auf.

»Keine Sorge, mit etwas Übung kommt es schon.«

»Übung?«

»Oh ja. Meditationsübungen.«

»War das Meditation, was du eben gemacht hast?«

»Ganz genau.«

Er meditierte weiter. Colline beeindruckte die Ruhe, die von Théodore ausging.

»Was machst du, wenn du meditierst? Betest du?«

»Nicht ganz.«

»Worin besteht der Unterschied?«

»Wenn ich meditiere, bete ich nicht zu Gott. Zunächst leere ich meinen Kopf, um Gelassenheit zu erreichen. Ich atme tief durch, und in dieser inneren Stille erblühen klare Gedanken, schöne Gefühle und süße Empfindungen. Denn in der Stille kann ich hören.«

»Was hören?«

»Das Leben.«

Colline war überrascht. Was mochte Théodores Leben ihm wohl erzählen?

»Das Leben spricht nämlich, weißt du? Doch wir machen oft zu viel Lärm, um es zu hören.«

»Kann ich auch versuchen zu meditieren?«

»Aber sicher! Setz dich erst einmal bequem hin. Es ist wichtig, dass du dich wohlfühlst.«

Colline lehnte sich an den Baum und streckte die Beine aus. Théodore setzte sich ihr gegenüber.

»Und jetzt schließ die Augen … Atme durch die Nase ein und aus … Atme langsam und tief ein und lass deine Gedanken vorbeiziehen wie Wolken am Himmel …«

Als sie die Augen schloss, wurde Théodores Stimme klarer. Colline nahm plötzlich die unterschiedlichen Nuancen wahr und fühlte sich sehr schnell ruhiger. Ihre Gefühle, die allzu oft überschwappten, schienen sich zu konzentrieren und zu verstärken, aber auf eine andere Weise, als sie es bisher kannte. Ihre Sinne waren zwar hellwach, doch sie spürte keinen Schmerz mehr. Sie fühlte sich wie in einen anderen Zustand versetzt.

Colline öffnete die Augen wieder, als wollte sie sichergehen, dass sie nicht träumte. Théodore saß ihr mit geradem Rücken und vollkommen unbeweglich im Lotussitz gegenüber. Schnell schloss sie die Augen wieder. Sie spürte die raue Baumrinde, hörte das Lied der Amsel und die Straßengeräusche in der Ferne und nahm den Duft der Blumen und die laue Brise in ihrem Gesicht wahr. Ihre Hände streichelten die Erde und das Gras. Théodore schwieg, aber Colline blieb zu ihrer eigenen Überraschung weiter konzentriert. Die Rufe eines Kindes, die Geräusche von Töpfen und Pfannen, eine sanfte Musik, ein Lachen … Sie hörte alles ein wenig verzögert, als säße sie hinter Glas.

Nach einer Zeit, die ihr unendlich vorkam, bat Théodore sie, die Augen wieder zu öffnen. Sie kämpfte dagegen an, denn sie wollte diesen Zustand nicht verlassen, den sie gerade erst entdeckt hatte. Schließlich gehorchte sie aber und schaute dem alten Mann in die Augen. Er lächelte ihr zu und sagte, sie solle zunächst ihre Hände, dann ihr Gesicht und schließlich ihre Arme und Beine sanft reiben, um wieder zu sich zu kommen.

»Und, wie war es?«, fragte er sie.

»Wie verzaubert!«, berichtete sie aufgeregt. »Es war wie … als würde man sich vom Leben ausruhen.«

»Macht dein Leben dich so müde?«

Colline sah ihn an und wurde ernst. »Ja, manchmal schon.«

»Warum?«

»Es liegt an mir … an meinen Gefühlen. Ich spüre sie die ganze Zeit, es hört nie auf.«

»Was hört nie auf?«

»Meine Gefühle. Sie kommen einfach zu allen möglichen Zeiten. Ich sehe etwas oder jemanden an und – schwups – ist es zu spät: Es passiert.«

»Was passiert?«

Das kleine Mädchen blickte ihn erstaunt an, weil er das Selbstverständliche offenbar nicht begriff. »Na alles! Farben, Bilder, Töne. Ich spüre plötzlich die ganze Person und …«

»Und …?«

»Und dann tut es weh.«

»Wo tut es weh?«

Colline zeigte auf ihren Kopf. »Da. Und manchmal werde ich dann ohnmächtig.«

»Ich verstehe.«

Colline wirkte erleichtert, dass Théodore sie verstand.

»Du musst es lernen«, sagte er.

»Was lernen?«

»Mit deiner Empfindsamkeit umzugehen.«

»Kann man das lernen?«

»Natürlich!«

»Oh, toll!«

Sie hatte das so fröhlich ausgerufen, dass sie beide laut lachen mussten. Danach war nichts mehr ernst und schwer. Colline lachte das klare Lachen eines Kindes, das Lachen einer Neunjährigen. Endlich!, dachte der alte Mann.

»Manchmal sind so viele Dinge in mir drin, dass ich Angst habe zu explodieren. Die Gefühle da drinnen hören nie auf«, fügte sie hinzu und berührte ihren Kopf.

»Wenn du willst und Clélie einverstanden ist, könnte ich dir beibringen, anders zu fühlen und keinen Schmerz mehr zu empfinden.«

»Mit solchen Übungen?«

»Ganz genau. Ich gebe dir eine Einweisung in den Umgang mit deiner Empfindsamkeit.«

»Wann fangen wir damit an?«

»Nun … wir lassen uns etwas einfallen.«

»Ich bin bereit, mir etwas einfallen zu lassen«, erklärte Colline feierlich.

»Abgemacht!« Théodore reichte ihr die Hand.

Colline ließ ihre kleine in die starke, runzelige Hand des alten Mannes gleiten. Seine Haut sah aus wie ein Pergament, auf dem das Leben seine Spuren hinterlassen hatte. Das Mädchen lächelte Théodore an und warf sich mit der Energie, Unschuld und Ehrlichkeit, die nur Kinder aufbringen können, in seine Arme.

Colline wollte unbedingt den Umgang mit ihrer Empfindsamkeit lernen und freute sich darauf.

»Das Allerwichtigste sind die kleinen Sonnen«, fügte Théodore hinzu.

»Die kleinen Sonnen?«

»Die kleinen Sonnen eines jeden Tages. Ein Lächeln, ein Wort der Ermutigung, ein Gespräch, eine kleine oder große Freude – alles, was uns auch nur ein bisschen glücklich, fröhlich und lebendig macht. An diesen kleinen Sonnen, die unsere Tage erhellen, dürfen wir keinesfalls vorübergehen.«

Collines Gedanken rasten. Das taten sie immer dann, wenn sie eine starke Gefühlsbewegung verspürte. Es kam ihr vor, als würde sie von Überlegungen und Empfindungen überwältigt und als huschte alles viel zu schnell an ihr vorbei, als dass sie die Informationen speichern könnte. Sie spürte, wie sich Angst in ihr ausbreitete, wie es immer geschah, wenn es passierte. Doch Théodores ruhiger Blick bremste ihren Flug, und das sanfte Lächeln auf seinem Gesicht beruhigte sie. Die kleinen Sonnen eines Tages … Die Vorstellung gefiel ihr gut. Von jetzt an würde sie die kleinen Sonnen zählen, damit ihr Leben von Tag zu Tag heller würde.

Oben in der Wohnung ließ sie sich von Clélie einen Schuhkarton geben, dekorierte ihn in ihrem Zimmer mit Aufklebern und Glitter und schrieb darauf: *Sonnenschachtel.*

10

Am nächsten Morgen stand Colline früh auf. Rose hatte versprochen, ihr zu erklären, wie man ein Herz stark macht, und das Mädchen war neugierig auf ihre Ratschläge. Clélie war wie immer schon in der Morgendämmerung aufgewacht und hatte etwas Schreibarbeit erledigt.

Als es klingelte, lief Colline sofort zur Tür.

»Bereit für unsere Expedition?«, fragte Rose.

»Bereit! Clélie hat gesagt, ich soll ins *La Potion Magique* gehen und dort auf dich warten. Sie will mit dir sprechen«, fügte sie feierlich hinzu.

»Gut, meine Kleine. Dann sehen wir uns gleich im Café.«

Colline setzte ihr Plüschkaninchen auf die Couch, küsste es auf beide Wangen und schloss die Tür hinter sich. Sie rannte die Treppe hinunter und wäre in ihrer Eile beinahe mit Monsieur Lefron, dem griesgrämigen Nachbarn aus dem zweiten Stock, zusammengestoßen. »Guten Tag!«, begrüßte sie ihn freundlich lächelnd.

Er schimpfte vor sich hin, sah sie kaum an und ging weiter, ohne ihr zu antworten. Erstaunt baute sie sich vor ihm auf.

»Guten Tag!«, wiederholte sie mit ihrem schönsten Lächeln.

Er schwieg, ging in seine Wohnung und ließ wütend die Tür hinter sich zufallen. Colline stand betroffen da und fragte sich, was sie falsch gemacht hatte.

Draußen auf der Straße wurde sie von der Intensität des Lebens erfasst. Sie ging über die Place des Ternes, wo es zu dieser frühen Stunde schon recht laut zuging, und setzte sich auf die Terrasse des *La Potion Magique*. Das Café gefiel ihr sehr. Es war ganz in Rosa und Schwarz gehalten und sah auf altmodische Art und Weise elegant aus. Die Eigentümer Jacques und Annie Amiault waren Freunde von Clélie.

Colline beobachtete den morgendlichen Tanz der Lieferanten. Annie hatte ihr einen frisch gepressten Orangensaft gebracht, an dem sie nur nippte, um das Vergnügen so lange wie möglich auszukosten. Colline hasste Dinge, die zu Ende waren. Der Schluss von etwas tauchte sie stets in eine tiefe Traurigkeit. Deshalb ließ sie auch immer Essen auf dem Teller liegen. Damit nie das Ende kam.

Ein dunkelgrüner Lastwagen mit der Aufschrift *Richard, gegründet 1892* hielt vor dem Café an. Colline war tief beeindruckt; sie fand den Lkw für sein Alter sehr gepflegt! Geschickt öffnete der Lieferant die Heckklappe. Drinnen lagerten Dutzende Kisten: Limonade, Wein, Mineralwasser … alles war dabei. Der Lieferant lud die Getränke auf ein Transportgefährt auf Rollen.

»Ein echter Teufelskerl«, sagte Annie, die Collines verblüffte Miene bemerkte. Das Mädchen überlegte, dass es zum ersten Mal in seinem Leben den Teufel sah, der sich zudem auch noch nützlich machte, und musste lächeln. Der Lieferant schob die Transportkarre dreimal vom Lkw ins Café, wo er seine Waren ablud. Zum Schluss blieb er unmittelbar neben Colline stehen. Sofort spürte sie seine Müdigkeit.

»Danke, Monsicur«, sagte sie lächelnd. »Ihnen haben wir zu verdanken, dass es hier etwas zu trinken gibt.«

»Vielen Dank, kleines Fräulein«, antwortete er sichtlich gerührt. Ich wünsche dir noch einen schönen Tag!« Er winkte ihr zu, stieg in den Lastwagen und fuhr davon.

Wieder eine kleine Sonne, dachte Colline.

Sie betrachtete ihren Orangensaft und musste plötzlich an die Orangen denken, daran, was mit ihnen passiert war, ehe sie in ihrem Glas gelandet waren. Zunächst waren sie Samenkerne gewesen, die im Boden keimten, wahrscheinlich weit entfernt von hier, vielleicht sogar in einem anderen Land. Daraus waren Orangenbäume gewachsen. Jemand hatte sie gegossen, die reifen Früchte gepflückt und in Kisten verpackt. Die Orangen waren dann gereist, vielleicht mit dem Flugzeug, und waren schließlich in Paris angekommen, wo sie in einem großen Lagerhaus gelagert wurden. Annie hatte sie gekauft, sie ins *La Potion Magique* gebracht, sie in einer Maschine ausgepresst, und nun befanden sie sich erst in Collines Glas, danach in ihrem Körper. Und so war es bei allem, bei tiefgefrorenem Brokkoli, bei Fleisch, bei Milch und bei Reis …

Colline fühlte sich plötzlich, als flöge sie über ihrem Körper, als nähme sie mit einer Kamera aus einem anderen Blickwinkel an der Szene teil, und ihr wurde schwindelig. Was sollte sie nur tun, um nicht mehr über all diese Dinge nachzudenken? Um das Wohlbefinden und die Ruhe wiederzugewinnen, die sie spürte, wenn sie mit Théodore meditierte? Sie wünschte sich so sehr, dass er es ihr beibrachte, denn sie brauchte es.

Rose und Clélie rissen sie aus ihren Gedanken.

»So, jetzt gehen wir auf Entdeckungsreise!«, sagte Rose.

»Und wohin?«, fragte das Mädchen.

»Das wirst du schon sehen. Zunächst nehmen wir den Bus.«

»Cool!«, rief Colline und klatschte in die Hände.

Sie winkten Annie zu, die gerade einen Kunden bediente, und gingen zur Haltestelle Ternes in der Rue du Faubourg-Saint-Honoré. Ein paar Minuten später kam der Bus. Colline fragte sich, wo Rose und Clélie sie hinführten. Sie hatte Herzklopfen, denn sie liebte Überraschungen.

An der Haltestelle Haussmann-Courcelles stiegen sie aus, überquerten den Boulevard Haussmann und gingen zur Hausnummer 158. »*Musée Jacquemart-André*«, las Colline mit strahlenden Augen vor. Sie war noch nie dort gewesen. Ein großes Plakat verkündete:

VON GIOTTO BIS CARAVAGGIO –
die Leidenschaft des ROBERTO LONGHI

»Meine Damen, heute widmen wir uns ganz und gar der Schönheit. Ihr habt mich gestern gefragt, wie man ein starkes, volles Herz erhält. Einige Antworten befinden sich in diesem Gebäude«, erklärte Rose feierlich.

Colline erbebte. Sie betraten das Gebäude, das ebenso wie der Garten atemberaubend schön war. Drinnen fühlte sich Colline, als hätte man sie um Jahrhunderte zurückversetzt. Die ausladende Treppe, die Säulen, die Decke mit den Fresken – alles war hinreißend.

Das Mädchen fragte sich, wer wohl dieser Giotto, dieser Caravaggio und dieser Roberto Longhi sein mochten, deren Namen in großen Buchstaben auf dem Plakat standen, und erhielt den Ansatz einer Antwort, als Rose sie aufforderte, eine Tafel zu lesen:

Roberto Longhi (1890–1970) war eine faszinierende Persönlichkeit, die durch ihr umfangreiches Wissen und ihre innovative Herangehensweise begeisterte und die Kunstkritik im zwanzigsten Jahr-

hundert erneuerte. Fest verwurzelt in seiner Zeit und in seiner Nähe zu avantgardistischen Künstlern, tauchte Roberto Longhi in die Moderne seiner Epoche ein, um die von ihm studierten Maler unabhängig von ihrem Platz in der künstlerischen Chronologie zu begreifen. Die Ausstellung »Von Giotto bis Caravaggio« lädt Sie ein, anhand einer Auswahl von Werken aus der eigenen Sammlung und einigen außergewöhnlichen Leihgaben die weit gefächerten Leidenschaften Roberto Longhis zu entdecken.

Colline verstand nicht alles, was sie da las, doch der Ausdruck »weit gefächerte Leidenschaften« gefiel ihr. Sie fand ihn sehr poetisch. Aber wer um alles in der Welt war dieser Giotto? Und dieser Caravaggio? Sie hatte noch nie von den beiden gehört.

Clélie und Colline ließen sich von Rose in einen Saal mit hoher Decke führen. Die ausgestellten Gemälde wurden durch das Licht hervorgehoben, das jedes Detail der Bilder ohne Spiegelungen und Reflexe ausleuchtete. Vor einer Jungfrau mit Kind blieb Rose stehen. Die Inschrift lautete: *Tommaso di Ser Giovanni di Mone Cassai*, genannt *Masaccio* (1401–1428), Jungfrau mit Kind (Kitzelnde Madonna).

»Warum ›Kitzelnde Madonna‹?«, fragte Colline.

»Sieh dir das Bild an. Was siehst du?«

»Die Madonna mit ihrem Baby.«

»Ja, aber was macht sie?«

»Sie berührt seinen Hals.«

»Ganz genau. Wir könnten natürlich davon ausgehen, dass es sich um eine einfache Segensgeste handelt, doch wenn man das Gesicht des Kindes anschaut, sieht man, dass es lächelt.«

»Weil sie es kitzelt!«

»Richtig.«

Colline näherte sich und las:

Jungfrau mit Kind, *gemalt um 1426. Von einer großen Eindringlichkeit, setzt sich dieses Gemälde mit seinen intensiven Farben auf goldenem Hintergrund über die damals üblichen Konventionen hinweg. Hier zeigt Masaccio sein Können: Auf den ersten Blick macht die Jungfrau eine Segensgeste, aber dann fällt das offene Lächeln des Kindes auf, mit dem es auf die zärtliche Berührung seiner Mutter antwortet. Das Kind steckt in einem Wickeltuch, wie es zu Masaccios Zeiten üblich war, und wirkt so natürlich, dass Longhi es mit folgenden Worten beschreibt: »Hätte mir jemand berichtet, dass Masaccio eine ›kitzelnde Jungfrau‹ gemalt hat, ohne dass ich das Werk selbst gesehen hätte, hätte ich mit einem Schulterzucken geantwortet. Aber nach der Entdeckung dieses Gemäldes muss ich ihm zustimmen.«*

»Es ist wunderschön«, stellte Colline fest.

»Was gefällt dir am besten?«, fragte Rose.

»Das Gold im Hintergrund des Bildes, das Blau des Schleiers, das Rot des Mieders, das sanfte Gesicht der Madonna, ihre zärtliche Geste … und das lachende Baby.« Collines Augen glänzten, und sie sprach schnell.

Rose kannte diese Erregung angesichts von Schönheit gut, doch sie wusste auch, dass sie reguliert werden musste, um das Geheimnis eines Kunstwerks tiefer durchdringen zu können. »Jetzt, Colline, bitte ich dich, das Bild anzusehen, solange du magst, und zwar ganz still. Nimm seine Schönheit ganz in dich auf. Clélie und ich machen das auch.«

Stumm und bewegt von seiner Anmut, betrachteten sie das Gemälde. Je länger sie sich dem Bild widmete, desto ruhiger wurde Colline. Es war, als bliebe die Zeit stehen. Alle drei erlebten einen Augenblick der Ewigkeit, innerer Erhebung und tiefer Freude.

Sie setzten ihren Besuch fort, blieben vor einigen Gemälden

lange Zeit stehen, tauschten Eindrücke aus und verloren sich in ihren Betrachtungen. Ein Gemälde von Caravaggio, das einen von einer Eidechse in den Finger gebissenen Jungen zeigte, beeindruckte Colline ganz besonders. Das Gesicht des Kindes faszinierte sie. Vor allem seine glänzenden Augen.

Sie verließ das Museum mit ganz viel Schönheit im Herzen. Das Leben erschien ihr mit einem Mal viel leichter.

Schweigend gingen sie einige Schritte, ehe sich Rose an Colline wandte.

»Nun, mein kleines Mädchen, hast du verstanden, weshalb wir heute Morgen hierhergekommen sind?«

Colline krauste nachdenklich die Stirn.

»Gestern habt ihr mir Fragen über unsere Herzen gestellt. Ein solides, gut isoliertes Herz, das aber offen und großzügig ist, ist ein Herz voller Schönheit. Und heute Morgen, vor diesen Meisterwerken, haben wir unsere Herzen mit Schönheit und Anmut erfüllt. Denn auch ein Herz muss ernährt werden.«

»Wie ein Vogel?«, fragte Colline.

»Ganz genau«, antwortete Rose. »Denn erst dann kann es seine Flügel ausbreiten, davonfliegen und sich der Welt öffnen.«

Colline war beeindruckt. Sie spürte, dass sich ihr alles, was sie gerade gesehen hatte, gut eingeprägt hatte und dass sie tatsächlich ihr Herz genährt und gestärkt hatte. Sie stellte sich vor, es flöge davon, um die Welt zu entdecken, und legte vorsorglich ihre Hand auf die Brust. Sie wünschte sich, dass es, so voll mit Träumen, Farben und Schwingungen, wie es jetzt war, noch ein wenig in ihrer Brust bliebe.

»Aber Rose«, sagte sie, »es gibt auch so viel Hässliches. Was soll ich tun, damit ich immer nur Schönheit in meinem Herzen habe?«

»Das, Schätzchen, ist, glaube ich, nicht möglich.«

»Hebt Hässlichkeit die Schönheit auf?«

»Was meinen Sie, Clélie?«, fragte Rose.

»Ich denke, es ist eine Frage der Wertigkeit«, antwortete sie. »Die Intensität der Schönheit muss größer sein als die der Hässlichkeit.«

Colline überlegte. »Soll das heißen, dass ich es durch mehr Schönheit ausgleichen muss, wenn ich viel Hässliches sehe?«

»Richtig«, antwortete Clélie.

»Aber das ist sehr schwierig!«, meinte Colline.

Rose lachte auf. »Was glaubst du wohl, Liebes? Dass das Leben ein Spaziergang ist? Natürlich ist es schwierig! Das Leben ist nichts für Angsthasen. Man braucht Mut. Und nicht gerade wenig!«

»Man braucht ›Herzmut‹«, sagte Colline.

Rose lachte. »Stimmt.«

Sie hatten beschlossen, den Rückweg zu Fuß zurückzulegen, und gingen, in ihr Gespräch vertieft, den Boulevard Haussmann bis zur Place de l'Étoile hinauf.

»›Es ist ein unabänderliches Zeichen für Klugheit, die Wunder im Alltäglichen zu erkennen‹, hat Ralph Emerson einmal gesagt«, fuhr Rose fort. Sie wandte sich an Colline. »Kannst du dir vorstellen, was das bedeutet?«

Das Kind zögerte, plötzlich schüchtern geworden.

»Versuche einfach, es zu sagen! Im Leben muss man sich auch mal was trauen.«

»Heißt das, wir müssen Schönheit auch in der Hässlichkeit sehen?«

»Ja, nicht schlecht ...«

»Wer ist Ralph Emerson?«, fragte Colline.

»Er war ein Essayist, Philosoph und Dichter des neunzehnten Jahrhunderts. Weißt du, was er noch gesagt hat? Hört euch das hier mal an …« Rose blieb mitten auf dem Bürgersteig stehen und deklamierte schwungvoll:

»Erfolg im Leben zu haben bedeutet:
oft und viel zu lachen;
die Achtung intelligenter Menschen und die Zuneigung von Kindern zu gewinnen;
die Anerkennung aufrichtiger Kritiker zu verdienen und den Verrat falscher Freunde zu ertragen;
Schönheit zu bewundern, in anderen das Beste zu finden;
die Welt ein wenig besser zu verlassen, ob durch ein gesundes Kind, einen bestellten Garten oder einen kleinen Beitrag zur Verbesserung der Gesellschaft;
zu wissen, dass wenigstens das Leben eines Menschen leichter war, weil Du gelebt hast
– das bedeutet, nicht umsonst gelebt zu haben.

Darüber sollte man wirklich nachdenken«, schloss sie.

»Aber was muss man machen, um so zu werden?«, fragte Colline.

»Dafür gibt es leider keine Gebrauchsanweisung«, antwortete Rose. »Die würde man kennen!«

»Schade …«, meinte Colline.

»›Das Wichtigste ist, sich nicht unterkriegen zu lassen.‹ Das sagt Rose. ›*Never surrender*‹, wie es die Punks formulieren!«

Clélie musste lachen. Wieder einmal überraschte ihre Freundin sie mit der Vielfalt ihrer kulturellen Bezüge. Unter der sengenden Juli-Sonne gingen sie weiter. Colline lief zwischen ihnen und hielt beide an den Händen. Sie fühlte sich wohl und sicher zwischen diesen so unterschiedlichen Frauen, die ihr echte Aufmerksamkeit schenkten. Sie litt nicht, und ihre Gefühle hatten sich angesichts der unglaublichen Schönheit, die sie gerade in sich aufgenommen hatte, vollständig beruhigt. Sie küsste die Hände ihrer beiden Beschützerinnen und fühlte sich plötzlich so leicht, dass sie Angst hatte davonzufliegen.

Am Abend rief sie ihre Mutter an, um ihr von den Erlebnissen des Tages zu erzählen.

Teresa spürte, dass sie die richtige Entscheidung getroffen hatte. Die Gesellschaft Clélies und ihrer Freunde war im Augenblick tatsächlich das Beste für Colline.

11

Clélie saß vor dem Computer. Seufzend erzwang sie das Herunterfahren von Safari, wie es ihr Damien, der Informatikstudent aus dem fünften Stock, gezeigt hatte. Er hatte ihr den Rechner zu einem geradezu lächerlichen Preis besorgt, nachdem er sie überzeugt hatte, dass sie unbedingt lernen müsste, im Internet zu surfen. Und tatsächlich: Nachdem Clélie die Vorteile des Netzes entdeckt hatte, genoss sie es sehr. Das Internet bot ihr eine Freiheit, die sie sich nie hätte träumen lassen. Inzwischen las sie ihre Zeitungen jeden Morgen online. Am besten aber gefielen ihr die Kochblogs. Sie konnte Stunden damit verbringen, Rezepte zu suchen und Kommentare zu lesen.

An diesem Sonntagnachmittag jedoch stellte Clélie mit einem Anflug von Panik fest, dass ihr Computer sie im Stich ließ. Sofort rief sie Damien an, der bereits wenige Minuten später an ihrer Tür klingelte.

Unter Clélies ängstlichen Blicken untersuchte er den Rechner. Beunruhigt sah Colline zu und hoffte mit gerunzelter Stirn, dass bei der Aktion ein positives Ergebnis herauskäme. Und nach bangen Minuten geschah das Wunder: Das Internet war wieder da.

Clélie bedankte sich voller Wärme bei Damien.

»Sag Caroline, sie soll runterkommen. Ich habe Blaubeerkuchen gebacken. Es ist ein neues Rezept, und ihr könnt mir sagen, was ihr davon haltet!«

Zehn Minuten später saß auch Caroline mit einem Stück Kuchen im Wohnzimmer. Clélie fragte sie nach ihrem Studium der Physiotherapie. Caroline war im letzten Jahr ihrer Ausbildung und dachte über die Zukunft nach.

Colline beobachtete Damien und Caroline, die nebeneinander auf der Couch saßen. Der junge Mann hatte seiner Freundin die Hand auf die Schulter gelegt und streichelte ihr immer wieder über die Wange. Das kleine Mädchen war so fasziniert, dass es das Paar nicht aus den Augen lassen konnte.

»Liebt ihr euch wirklich?«, erkundigte Colline sich plötzlich.

»Was meinst du damit, ob wir uns ›wirklich‹ lieben?«, wollte Caroline von ihr wissen.

»Ich meine, ob ihr immer nur nett zueinander seid und euch nicht gegenseitig anschreit. Ob ihr für alle Zeit zusammen sein wollt und euch immer mit so freundlichen Augen anschaut wie gerade jetzt.«

Sie hatte ihren Satz kaum vollendet, als Tränen ihr über die Wangen kullerten. »Mein Papa und meine Mama haben sich nämlich nicht wirklich geliebt. Und jetzt ist alles vorbei. Es gibt keine Hoffnung mehr.«

Erschüttert, wie jedes Mal, wenn Colline weinte, kämpfte Clélie gegen den Impuls an, sie in die Arme zu nehmen. Aber Rose hatte ihr geraten, sie ihre Gefühle ausleben zu lassen, ohne sie immer gleich trösten zu wollen.

»Was ist vorbei?«, fragte Caroline leise.

»Alles. Sie lassen sich scheiden. Und sie werden sich nie wieder lieb haben.« Sie schluchzte immer weiter.

Caroline bat sie, sich zwischen sie und Damien auf das Sofa zu setzen, und beide legten die Arme um ihre Schultern.

»Vielleicht lieben sie sich jetzt gerade nicht mehr, aber das bedeutet nicht, dass sie nie mehr lieben werden«, sagte die junge Frau.

»Aber wen lieben sie dann?«

»Dich. An der Liebe zu dir wird sich nichts ändern«, sagte Clélie.

Collines Tränen versiegten. Sie sah das junge Paar an. Viele Fragen gingen ihr durch den Kopf. »Wollt ihr Kinder haben?«

»Ja, sehr gern sogar. Doch ein bisschen später«, antwortete Damien.

»Aber wenn ihr euch scheiden lasst, bei wem wohnen sie dann? Denn sie wissen nicht, wie sie sich entscheiden sollen. Wie würdet ihr es machen?«

»Wir würden alles versuchen, um die Scheidung zu vermeiden«, sagte Caroline mit ernstem Gesicht.

»Was kann man machen, um sich nicht scheiden zu lassen?«

»Vielleicht muss man einfach nur immer die Wahrheit sagen«, meinte Clélie.

»Aber kann man sicher sein, dass man ein Leben lang zusammenbleiben will?«, beharrte das Mädchen.

»Man kann es sich wünschen, doch völlig sicher ist man nie«, erklärte Damien.

Colline wurde plötzlich ruhiger, wie jedes Mal, wenn sie ihre Gefühle in Worte hatte fassen können. Sie dachte an diejenigen, die sie liebte – an ihre Mutter, ihren Bruder Martin, an Clélie, Rose und jetzt auch Damien und Caroline –, und verspürte einen kleinen Stich, als ihr auch ihr Vater einfiel, der wahrscheinlich weit weg irgendwo in einem Flugzeug saß. Sie lehnte den Kopf an Carolines Schulter und fühlte sich plötzlich geborgen.

Eine süße Benommenheit überwältigte sie, und sie döste wohlig im Rhythmus des Gesprächs, das weiterging und sie nur noch in Wellen erreichte, vor sich hin.

12

Inzwischen wohnte Colline bereits seit drei Wochen bei Clélie, aber noch immer zeigte sie keinen normalen Appetit. Sie pickte mehr in ihrem Essen herum, als dass sie aß. Clélie erzählte Teresa, die jeden Tag anrief, dass das kleine Mädchen einigermaßen normal äße, um sie nicht zu beunruhigen, doch sie wusste nicht mehr, was sie noch tun sollte. Obwohl sie inzwischen einiges über Anorexie gelesen hatte, war sie mit der Essstörung nicht wirklich vertraut, und vor allem fiel es ihr schwer zu begreifen, dass ein neunjähriges Kind so traurig sein konnte, dass es die Nahrung verweigerte.

Colline kam mit Lapinou in den Armen in die Küche. »Was machen wir heute?«

»Heute entdecken wir die Welt der Aromen. Wir fangen sofort damit an!«

Colline folgte ihr auf Schritt und Tritt. Clélies Küche war etwas ganz Besonderes. Der Kühlschrank glänzte tiefschwarz und besaß ein XXL-Gefrierfach, und der Herd gestattete Temperaturvariationen, die der besten Köche würdig waren. Ein großer, heller Holztisch machte die Küche zu einem echten Lebensmittelpunkt. Clélie besaß Talent zur Gestaltung von Räumen. Links stand ein alter Büfettschrank, in dem das Geschirr nach Farben geordnet war. Daneben befanden sich eine schöne Anrichte und eine große Arbeitsplatte. Alles war wunderbar übersichtlich und ohne Platzverlust angeordnet. Die Küche war Clélies Lieblingsaufenthaltsort. Hier trank sie in der kalten Jahreszeit am frühen Morgen ihren Kaffee, wenn der Rest der Welt noch schlief.

Colline sah ihr zu, wie sie buntes Gemüse zwischen Reispapier legte.

»Was ist das?«, erkundigte sie sich.

»Ein Frühlingssandwich à la Clélie.«

»Aber es ist Sommer!«

»Ich mache es ganz allein für dich, Schätzchen. Es ist nichts als frisches Gemüse, weil ich weiß, dass du Brot ohnehin nicht essen würdest.«

Colline hüpfte von einem Fuß auf den anderen. »Aber warum muss man überhaupt immer essen? Manchmal denke ich, die Leute tun überhaupt nichts anderes.«

»Weil es notwendig ist.«

»Ich weiß … Ich wünschte, es gäbe eine Medizin, die einen ein für alle Mal satt macht.«

»So ein Frevel!«, rief Clélie. »Pass auf, schließe mal die Augen.«

Colline tat wie geheißen.

Clélie hielt ihr ein Blatt Eisbergsalat ans Ohr. »Hör genau hin.« Es knirschte ein wenig.

»Was ist das?«, fragte das Mädchen.

»Das Lied des Eisbergsalats.«

Colline öffnete die Augen. Das helle Salatblatt war von grünen Adern durchzogen. »Es ist hübsch«, sagte sie.

»Aha, siehst du? Und schau dir das Rot der Rispen-Tomaten an, das Grün der Gurke. Und diese Bioeier!«

Clélie hatte Wasser zum Kochen gebracht, dem sie einen Schuss Essig hinzufügte, um die Eier zu pochieren. Schon kurz darauf ließ sie sie abtropfen: Sie waren perfekt geworden. »Die essen wir gleich«, sagte sie. »Du wirst sehen, das Eigelb zergeht einem ganz köstlich auf der Zunge.«

Trotz ihrer optimistischen Äußerungen beobachtete Clélie das Mädchen aus dem Augenwinkel. Die Appetitlosigkeit der Kleinen bereitete ihr große Sorgen, obwohl Rose ihr immer wieder gesagt hatte, dass man Colline keinesfalls unter Druck setzen durfte, weil sie umso weniger essen würde, je mehr man sie dazu zwang.

»Und jetzt pass auf! Wir veranstalten ein Picknick!« Clélie packte rosa Teller, blaue Messer, gelbe Gabeln und grüne Löffel ein. Sie wusste, dass Farben für Colline wichtig waren, weil sie lieber von »fröhlichen Tellern« aß, wie sie oft sagte.

Sie bereitete alles für das Picknick vor und ging mit Colline in den Parc Monceau, dessen herrliche Alleen in der Sommersonne lagen. Sie sahen nur wenige Spaziergänger; lediglich ein paar Jogger trotzten der Hitze. Clélie zeigte dem Mädchen den hundert Jahre alten Baum am Eingang des Parks, den sie besonders liebte. Seine Äste reichten hoch in den Himmel, und sein breiter, knorriger Stamm war fest im Boden verankert. Jedes Mal wenn sie sich in seiner Nähe aufhielt, überkam sie eine große innere Ruhe. Sie liebte es, ihn zu berühren, und stand manchmal minutenlang in seine Betrachtung vertieft. Auch Colline war sehr beeindruckt.

Sie gingen durch den Park bis zum Teich, wo Enten gründelten. Colline beobachtete sie lange Zeit. Besonders interessierte sie sich für eine Entenmutter, die aufmerksam ihre Küken hütete.

Clélie breitete eine Decke auf dem Rasen aus, stellte die Teller darauf, arrangierte das farbige Besteck und packte alles aus, was sie liebevoll für Colline vorbereitet hatte.

Das Mädchen verspürte einen Kloß im Magen, wie immer, wenn es etwas essen sollte.

»Komm, setz dich, Liebes!«, forderte Clélie die Kleine auf.

Colline gehorchte.

Mit möglichst gleichmütigem Gesichtsausdruck füllte Clélie ihr einen bunten Teller.

Das Mädchen betrachtete ihn. »Das sieht schön aus.«

»Iss, Schätzchen.«

Colline bekam Angst. Obwohl sie das Essen, das Clélie ihr reichte, hübsch fand, konnte sie es sich nicht in ihrem Körper vorstellen. Sie nahm ein Blatt Eisbergsalat, betrachtete es von allen Seiten und begann, langsam daran zu saugen.

Clélie beobachtete sie. »Weißt du was?«, schlug sie vor. »Wir spielen ein Spiel.«

Colline klatschte in die Hände, neugierig darauf, mehr zu erfahren.

»Jedes Mal wenn wir erkennen, dass eine Sache auf unseren Tellern etwas anderem gleicht, essen wir sie auf, einverstanden?«, sagte Clélie. »Pass auf, ich fange an.« Clélie hielt ein Blatt Eisbergsalat hoch. »Das ist eine Wolke!«

Colline lachte laut auf.

Clélie aß das Salatblatt. »Und jetzt du!«

Colline betrachtete das Eigelb auf ihrem Teller. »Das ist eine Sonne!«

»Bravo!«

Langsam und zu Clélies großer Erleichterung aß Colline ein halbes Ei.

»Und meine Tomate ist ein Vulkan«, fuhr Colline fort.

Clélie schnitt eine Möhre in Scheiben. »Das sieht aus wie ein Auge!«

Colline zeigte ihr eine Mandel. »Das hier ist auch ein Auge!

Ein Mandelauge, wie deine!« Nachdem sie die Haut entfernt hatte, steckte sie die Mandel in den Mund und kaute sie lange.

Clélie fuhr mit dem Spiel fort. »Schau dir meine Walnuss an: Sie sieht aus wie ein Gehirn!«

Tatsächlich hatte die Nuss diese Form, und zwar so genau, dass sie sogar in zwei von Adern durchzogene Hemisphären aufgeteilt war.

Clélie aß die Nuss.

»Mein Pilz ist ein Regenschirm!«, erklärte Colline. Sie spielte ein wenig damit und aß ihn dann in kleinen Stücken.

Zum Nachtisch hatte Clélie Äpfel mitgebracht.

»Sie sehen aus wie die Welt!«

Sie schälte einen und reichte Colline kleine Stücke, von denen sie einige aß.

Nach dem Mittagessen nahm Clélie ein Stück Papier aus ihrer Tasche.

»Was ist das?«, fragte das Mädchen.

»Es ist ein Rubbellos. Ein Spiel, bei dem man nicht verlieren kann: Entweder man gewinnt Geld, oder man sorgt für eine bessere Welt, weil man das Los gekauft hat. Der Erlös kommt nämlich humanitären Projekten zugute.«

»Na los, rubbele!«

Clélie nahm eine Münze und rubbelte die Felder nacheinander frei. »Ich habe zehn Euro gewonnen!«

»… und für eine bessere Welt gesorgt! Cool!«

Clélie lächelte und ließ sich von der nur manchmal von Kinderrufen und Vogelgesang unterbrochenen Ruhe wiegen.

»Clélie?«

»Ja, mein Herz?«

»Warum sagt man eigentlich ›Liebe machen‹?«

»Weil es wie ein Fest sein soll.«

»Aber warum behandeln sich Menschen dann schlecht, wenn sie einmal miteinander Liebe gemacht haben?«

Die Frage hatte Clélie überrascht, und sie suchte eine passende Antwort. »Das passiert nicht immer. Nur dann, wenn sie das, was sie eigentlich zusammenbringen sollte, eher trennt.«

»Warum?«

»Vielleicht messen manche Leute diesem Fest nicht genügend Wert bei.«

»Aber warum?«

»Weil es manchmal einfacher ist, sich nicht zu sehr auf etwas einzulassen.«

»Aber Rose sagt doch immer, dass das Leben sowieso nicht so einfach ist …«

»Ja, und damit hat sie auch recht. Vielleicht ist das der Grund, warum manche Leute lieber oberflächlich bleiben. Um zu vergessen, wie schwierig es sein kann.«

Colline dachte nach. »Mein Vater war zuerst sehr nett, doch nachdem er mit meiner Mutter Liebe gemacht hatte, fing der Streit wieder an.«

Clélie war sprachlos.

»Also, wenn ich groß bin, werde ich das bestimmt nie so machen. Es ist zu gemein«, fügte das Mädchen hinzu.

»Und was willst du in deinem Leben tun? Erzähl mal.«

Colline schwieg einen Moment. »Nur nette Dinge. Wenn ich jemals ›Liebe mache‹, dann soll es ganz ehrlich sein. Ich möchte kein schlechter Mensch werden, der anderen wehtut.«

Clélie streckte die Hand aus und streichelte Collines seidiges Haar. Sie wirkte manchmal so erwachsen, dass es beängstigend war. Clélie musste sich oft daran erinnern, dass sie mit einem neunjährigen Mädchen sprach. Collines Gedanken, ihre Intelligenz und Lebendigkeit, ihre Wachsamkeit und Reife, ihr Sinn für

Humor und ihre Wahrnehmung der Dinge gingen weit über die von gleichaltrigen Kindern hinaus.

Colline drehte sich zu ihr um. »Wie warst du eigentlich als kleines Mädchen?«

Ein Schatten glitt über Clélies Züge, was Colline nicht entging.

»Warst du traurig?«

»Ja.«

»Und warum?«

»Weil ich keine Eltern hatte«, antwortete Clélie.

»Warum?«

»Sie haben mich verlassen, als ich drei Jahre alt war.«

»Warum?«

»Sie konnten sich nicht um mich kümmern. Meine Mutter war zu jung, und mein Vater wollte keine Kinder.«

»Aber warum haben sie dich dann bekommen?«

»Sagen wir, es war ein Versehen. So etwas passiert öfter, als man glaubt. Menschen bekommen Kinder, ohne vorher darüber nachzudenken, und dann wird es zur Katastrophe.«

»Ich bin froh, dass sie dich bekommen haben. Weil du meine allerbeste Freundin bist.«

In Clélies Augen brannten Tränen. Das kleine Mädchen kuschelte sich an sie. So blieben sie lange Zeit, bis Colline sie mit dem durchdringenden Blick betrachtete, den sie manchmal an den Tag legte.

»Jemand hat dir wehgetan, oder?«

Clélie war fassungslos. Ihre erste Regung war Leugnen, doch es schien, als hätte Colline ihr ohnehin schon längst in die Seele geschaut. »Ja. Jemand hat mir wehgetan. Sehr wehgetan.«

»Als du klein warst?«

»Ja. Ich war ungefähr in deinem Alter.«

»Ist dieser Mensch jetzt im Gefängnis?«

»Nein.«

»Aber warum denn nicht?«

»Weil ich nichts verraten habe.«

»Warum nicht?«

»Ich konnte nicht«, antwortete Clélie. »Ich hatte zu viel Angst.«

Colline runzelte die Stirn. »Aber gewinnen die Bösen denn immer?«

»Nicht immer, nein. Doch manchmal schon.«

Clélie konnte die Tränen nicht länger zurückhalten. Sie hatte stark sein und die Trauer tief in ihrem Herzen begraben wollen, aber Collines unschuldige Fragen hinderten sie daran. Es war das erste Mal in ihrem Leben, dass sie das Drama ihrer Vergangenheit erwähnte. Die Vergewaltigung im Alter von neun Jahren durch einen ihrer Pflegeväter.

»Was können wir gegen die Bösen tun?«, fragte Colline.

»Reden, uns anderen anvertrauen, auch wenn es manchmal schwerfällt. Und man muss essen, das Leben lieben, an sich glauben, Träume haben und sie wahr werden lassen. Verstehst du mich?«

Im Blick des Mädchens lag noch immer diese Konzentration, als nähme es jedes Wort, das Clélie sprach, tief in sich auf.

»Ich weiß, dass du auch traurig bist, Colline, aber aus anderen Gründen. Wenn du dich jedoch weigerst zu essen, überlässt du den Bösen das Feld. Weil du nämlich das Leben aufgibst. Ich habe nie über das gesprochen, was mir in deinem Alter passiert ist, doch ich habe weitergelebt, einen Beruf gelernt, mich selbst aufgebaut, meine Bäckerei und meine Kunden geliebt und ihnen Freude bereitet, die ich immer wieder zurückbekam. Es war die beste Antwort, die mir im Kampf gegen Barbarei und Grausamkeit eingefallen ist. Ich sollte vielleicht nicht so mit dir reden, aber ich weiß, du verstehst, was ich sage. Wenn ich dich so sensibel und traurig sehe und feststellen muss, dass du dich weigerst zu essen, ist es für mich so, als würde das Böse wieder die Oberhand gewinnen. Als griffe es, weil es mich nicht erwischt hat, stattdessen jetzt dich an. Und ich weigere mich, das zu akzeptieren. Wenn jemand dir Böses will, werde ich mich ihm entgegenstellen.«

Colline war tief bewegt von dem, was sie hörte.

Clélie nahm sie bei der Hand und führte sie zum Teich, auf dem die Enten schwammen. »Sieh sie dir an. Sie sind wunderschön, nicht wahr?«

»Ja.«

»Um schön zu sein und schwimmen zu können, müssen sie fressen. Weil es ihnen Kraft gibt. Wenn du nicht isst, bedeutet das, dass du dich weigerst, kräftig zu sein und zu leben. Und das kann ich nicht ertragen.«

»Warum?«, wollte das Mädchen wissen.

»Weil ich dich lieb habe, Herzchen.«

Als Colline sie ansah, wirkten ihre Augen noch blauer als sonst. »Aber außer dir gibt es niemanden, der mich lieb hat.«

»Das stimmt nicht! Ganz und gar nicht! Da ist deine Mama, dein Bruder …«

»Und mein Papa? Warum hat er mich nicht lieb? Als er mir gesagt hat, dass ich mich zwischen ihm und Mama entscheiden müsste, hat er dabei auf seine Uhr geschaut. Das hab ich genau gesehen. Er tut so, als würde er sich für mich interessieren, und er macht mir immer tolle Geschenke, aber ich weiß, dass sie nicht von Herzen kommen.« Sie schüttelte den Kopf, dass ihre blonden Locken nur so flogen. »Und sag mir nicht, dass er mich auf seine Art lieb hat. Du brauchst mich nicht anzulügen, weil ich solche Dinge fühle.«

»Ich weiß. Ich will dich auch nicht anlügen, doch manchmal ist alles viel komplizierter, als es aussieht. Dein Vater kommt aus einem bescheidenen Elternhaus. Deshalb ist es für ihn ungeheuer wichtig, beruflich erfolgreich zu sein. Und aus diesem Grund neigt er manchmal dazu, die Menschen, die er liebt, zu vernachlässigen. Das ist eine Tatsache, und ich leugne sie nicht. Du hast das Recht, Schmerz zu empfinden. Ich bin ohne Vater und Mutter aufgewachsen und wurde von einer Pflegefamilie zur nächsten weitergereicht. Meine Kindheit war in jeder Hinsicht eine Katastrophe. Und doch bin ich hier. Ich habe durchgehalten und lernte schließlich deine Großeltern kennen, die mir alles beibrachten, was ich wissen musste.«

Colline war beeindruckt von dem, was Clélie ihr erzählte. Sie dachte nach und runzelte die Stirn. »Aber ich, ich hab meinen Papa lieb. Wie soll ich es denn anstellen, dass ich nicht mehr so traurig bin?«

»Liebe ihn so, wie er ist, auch wenn es aus der Ferne ist. Denke an ihn, wann immer du willst. Nimm das, was er dir gibt, halte dich im Moment aber an deine Mutter, an Martin, Théodore, Rose und mich. Weil wir nämlich wirklich hier bei dir sind.«

»Mama, Martin, Théodore, Rose und du. Das macht zusammen fünf Menschen.« Colline zählte sie an den Fingern ab.

»Genau«, antwortete Clélie.

Das Mädchen schien sich plötzlich viel besser zu fühlen, und Clélie war erleichtert. Die Kleine war das bezauberndste Kind, das man sich vorstellen konnte, sensibel, sanft, aufmerksam, intelligent … Clélie empfand es mit jedem Tag ein wenig mehr als ihre Mission, Colline zu beschützen und ihr die verlorene Kindheit zurückzugeben.

Als sie wieder zurück an der Place des Ternes waren, stürmte Colline mit ihrem eigenen Wohnungsschlüssel die Treppe hinauf. Sie brannte darauf, ihre Mutter anzurufen, um ihr in aller Ruhe von ihrem Tag zu erzählen.

Clélie hingegen blieb noch eine Weile im Hof und streichelte das Steinmäuerchen, das den kleinen Innengarten des Gebäudes umgab. Der Garten war wunderschön. Neben sattgrünen Sträuchern wuchsen dort ein Teppich aus bunten Blumen und große Bäume mit reichem, üppigem Laub. Clélie war immer wieder erstaunt, wie früh die Bäume ihre Winterruhe beendeten, um den Frühling einzuläuten. Dicke Knospen sprossen dann an ihren Zweigen und wuchsen mit enormer Geschwindigkeit, um schon einige Tage später zu wunderbaren, großen Blättern zu werden.

Sie lehnte sich an den Stamm des höchsten Baumes im Garten. Wenn sie sich morgens ihre unentbehrliche Zeit für sich selbst nahm, betrachtete sie ihn häufig vom Fenster oder vom Balkon aus. Ohne zu murren, nahm er alles an – Wind, Regen, Sonne und trübe Tage … Welche Lektion! Clélie wäre gern so wie er, um jedem Sturm zu trotzen, doch manchmal verzettelte sie sich unterwegs.

Bei dem Gespräch, das sie mit Colline geführt hatte, waren Erinnerungen zurückgekehrt … In ihrem Leben gab es ein Vorher und ein Nachher. Die Grenze war das Zusammentreffen mit den Destempes. Sie erinnerte sich an die Zeit, als sie ungefähr fünfzehn Jahre alt gewesen war. Damals hatte sie sich jeden Tag in der Bäckerei der Destempes im siebten Arrondissement ein Baguette gekauft. Das Lächeln von Yves Destempes und seiner Frau Maryse – Collines Großeltern – hatte ihr Leben verändert. Damals hatte Clélie den Montag gehasst, den Ruhetag der Bäckerei, denn er war für sie ein Tag ohne Lächeln gewesen.

Zu dieser Zeit lebte sie bei den Marschalls, ihrer soundsovielten Pflegefamilie. Sie waren freundliche, aber kühle Menschen. Eines Tages hatte Maryse Destempes Clélie gefragt, was sie mit ihrem Leben vorhabe. »Überleben«, wäre die beste Antwort gewesen, aber sie war stumm geblieben. Maryse hatte sie wohlwollend angeschaut und gefragt, ob sie gern sehen wolle, wie eine Bäckerei funktioniert. Clélie hatte sofort bejaht, und am folgenden Sonntag erhielt sie früh am Morgen eine vollständige Führung durch Backstube und Geschäft. Sie verliebte sich sofort in diese anspruchsvolle und präzise körperliche Arbeit inmitten köstlichster Aromen. Ein Handwerk, das ihr von diesen beiden leidenschaftlichen Dreißigjährigen beigebracht wurde, die selbst aus Bäckerfamilien stammten. Maryse und Yves waren damals seit fünf Jahren verheiratet und passten perfekt zusammen. Mit Zustimmung der erleichterten Marschalls absolvierte Clélie ihre Lehre bei den Destempes, die sie schnell lieb gewannen. Sie brachten sie in einem Zimmer auf der Etage über der Bäckerei unter, das nur ihr allein gehörte. Clélie richtete es sorgfältig ein; es war ihr erstes wirkliches Zuhause. Und von diesem Tag an hatte sie die Destempes nicht mehr verlassen.

Eine leichte Brise ließ ihren Rock flattern. Sie schloss die Augen und lehnte sich an den Baumstamm. Wieder wanderten ihre Gedanken zu Colline. Der Kummer des Mädchens berührte sie tief in ihrem Innern, und sie fühlte sich angesichts der kindlichen Trauer hilflos und entwaffnet.

Sie seufzte und kehrte ins Treppenhaus zurück. Clélie, die den Aufzug nur nahm, wenn sie viel zu tragen hatte, stieg zu Fuß die vier Stockwerke zu ihrer Wohnung hinauf. Als sie gerade den Schlüssel ins Schloss stecken wollte, hörte sie, wie die Tür auf der anderen Seite geöffnet wurde. Erfreut begrüßte sie Théodore.

»Clélie, kann ich Sie kurz sprechen?«

»Aber natürlich!«

Er bat sie herein. Théodores Wohnung war etwas ganz Besonderes. Jedes Möbelstück und jeder Gegenstand schien eine Geschichte zu haben, alles stand genau am richtigen Platz, und über dem Ganzen lag eine wunderbare Ruhe. Théodore war immer neugierig und hatte viel Lebenserfahrung. Seine bevorzugten Themen waren Religion, Spiritualität und Energetik. Anderen Menschen gegenüber legte er ein außergewöhnliches Wohlwollen und große Freundlichkeit an den Tag. Trotz seiner ausgeprägten Vorliebe für Energetik hatte er sich überraschenderweise entschieden, im »Zivilberuf«, wie er es nannte, als Steuerberater zu arbeiten. Ein ausgesprochen konkreter Beruf, der es ihm erlaubt hatte, mit beiden Beinen fest auf dem Boden zu stehen. Seine Theorie war einfach: Je höher wir aufsteigen wollen, desto fester müssen wir uns in der Erde verankern. Ohne gut bewässerte Wurzeln ist kein spirituelles Wachstum möglich.

»Ich habe Pfefferminztee gekocht. Möchten Sie eine Tasse?«

Clélie nickte und setzte sich auf die Couch.

Wenige Minuten später kehrte Théodore mit einem prachtvollen Teeservice aus Kupfer zurück. »Ich wollte mit Ihnen über Colline sprechen. Ich hatte neulich Gelegenheit, mich mit ihr zu unterhalten. Dieses kleine Mädchen hat eine Gabe.«

»Auf jeden Fall. Sie ist sehr talentiert.«

»Nein, ich meine etwas anderes. Sie besitzt eine besondere Fähigkeit der Wahrnehmung, eine Art Magnetismus. Collines Empfindsamkeit liegt weit über dem Durchschnitt. Sie nimmt alles mit ungewöhnlicher Schärfe wahr. Darum ist sie auch so unglücklich. Ich denke, sie besitzt eine emotionale Überbegabung. Man nennt solche Kinder ›Kristallkinder‹. Es handelt sich oft um in vieler Hinsicht frühreife Kinder, die andererseits jedoch häufig kleinkindartige Anwandlungen haben. Sie empfinden alles sehr intensiv und haben Schwierigkeiten, ihren Platz in dieser Welt zu finden.«

Clélie sah ihn ernst an.

Théodore fuhr fort: »Die meisten von uns leben in einem engen Dunstkreis. Wir sehen nur das, was wir vor uns haben, und unser Bewusstsein existiert nur partiell. Aber was, wenn das Bewusstsein anders ist?«

»Ich verstehe nicht ganz …«

»Es ist eine Sache, morgens aufzuwachen, seinen Zug zu nehmen, zur Arbeit zu gehen und diese greifbare Realität für die alleinige zu halten. Stellen wir uns nun einmal vor, wir hätten gleich beim Aufwachen das klare Bewusstsein, dass wir sieben Milliarden Menschen auf diesem Planeten sind, der sich durch den Kosmos bewegt. Stellen wir uns vor, dass wir beim Frühstück ganz genau wissen, dass Lebewesen auf dieser Erde mitten im All gerade jetzt lachen, weinen, kämpfen, Kinder bekommen, vergewaltigt werden, einem Mord zum Opfer fallen? Kann ich in diesem Moment einfach nur so vor mich hin leben und mich in meinem eigenen Körper vollständig wohlfühlen, oder erfüllt mich der Weltschmerz, dieser unerträgliche Schmerz, der aus zu viel Klarheit geboren wird und sich mit einem Gefühl der Hilflosigkeit vermischt? Ich glaube, so fühlt sich Colline. Es ist nichts Krankhaftes daran. Sie will einfach nur aufhören, zu leiden und diesen Schmerz zu empfinden, hat aber nicht die Mittel, es zu verstehen oder einen Sinn darin zu sehen.«

Clélie schwieg, Théodores Worte hatten sie erschüttert. Hatte er recht? War es möglich, dass Colline so eng mit der Welt verbunden war, dass ihre eigene Existenz dadurch bedroht wurde? Was konnte man tun, um sie vor dieser außergewöhnlichen Sensibilität zu schützen?

Théodore schien ihre Gedanken zu lesen. »Sie muss es lernen.

Sie muss lernen, dass ihre Empfindsamkeit auch eine Stärke sein kann. Wenn Sie erlauben, helfe ich ihr gern dabei.«

»Selbstverständlich. Zeigen Sie ihr, wie es geht, Théodore.«

»Wir alle werden sie unterrichten. Und von ihr lernen.«

Der alte Mann lächelte Clélie so schelmisch an, dass sie ihn in diesem Augenblick als kleinen Jungen vor sich sehen konnte. Mit einem Mal überschnitten sich Vergangenheit und Gegenwart, und die Zeit hatte keine Bedeutung mehr.

13

Ein paar Tage später nahm Colline Lapinou, ging auf den Treppenabsatz hinaus und klingelte an Théodores Wohnungstür. Ihr Herz klopfte schneller als sonst, denn heute sollte ihre erste Lektion in Sachen »Einführung in die Empfindsamkeit« stattfinden, wie Théodore es genannt hatte, und sie hatte ein bisschen Angst davor.

Der alte Mann öffnete die Tür und bat sie herein. »Schön, dich zu sehen, Colline. Das gilt natürlich auch für Lapinou.«

Das Mädchen lächelte und trat von einem Fuß auf den anderen. Théodore führte Colline ins Wohnzimmer und schlug ihr vor, ihm gegenüber auf dem großen grauen Sofa Platz zu nehmen. Sie setzte ihr Plüschkaninchen neben sich.

»Wie fühlst du dich?«, fragte Théodore.

Colline zögerte einen Moment. Konnte sie sich ihm anvertrauen? Die Wärme seiner Augen und die Sanftheit seines Lächelns waren ihr Antwort genug. »Ich habe Schmerzen. Es tut weh.«

»Schmerzen?«

Sie berührte ihren Kopf. »Hier tut es weh. Es brennt. Ich kann es kaum aushalten.«

»Du wirst es lernen, Colline. Vertrau mir.«

»Aber wann?«

»Ich kann dir kein Datum nennen, denn ich weiß nicht, wie lange es dauert. Doch du wirst es schaffen, das ist sicher.«

»Haben die anderen auch diese Schmerzen?«

»Nein … Du musst wissen, dass nicht jeder so ist wie du. Deine Empfindsamkeit ist einzigartig und kostbar und muss beschützt werden. Sie ist wie ein Rohdiamant, der das Licht zu stark reflektiert. Wir beide suchen jetzt eine Schmuckschatulle, in der du ihn schützen kannst. Wir schaffen das, vertrau mir.«

In den Augen des Mädchens glänzten Tränen. Collines Kummer war ergreifend. Sie besaß eine lebendige Seele, die durch den geringsten Schauder erschüttert wurde. »Théodore …? Warum haben meine Eltern sich nicht mehr lieb? Warum hat mein Papa mich nicht lieb? Warum hält Liebe nicht für immer? Und warum tut es so weh?«

»Ich habe darauf keine fertigen Antworten, Colline. Es gibt tausend Gründe, warum Menschen aufhören, Gefühle füreinander zu empfinden. Man kann jemanden irgendwann lieben, sich dann aber in eine andere Richtung weiterentwickeln, sodass man diese Beziehung nicht fortsetzen kann. Dann trennt man sich. Das ist wahrscheinlich deinen Eltern passiert. Sie lernten sich kennen, verliebten sich ineinander und folgten dann irgendwann verschiedenen Wegen. Verstehst du das?«

»Ja«, sagte Colline traurig. »Aber … warum ist mein Papa nie da? Warum bin ich ihm nicht wichtig?«

»Ich bin mir sicher, dass du ihm sehr wichtig bist, auch wenn er nicht unbedingt weiß, wie er es zeigen soll. Wahrscheinlich braucht er die Anerkennung, die er in seiner Arbeit, dem Geld, dem Erfolg und bei seinen Reisen findet. Er sucht Ablenkung, weil es ihm möglicherweise hilft, seine eigenen Schmerzen zu lindern. Colline, du musst verstehen, dass dir sein Verhalten nichts von deinem Wert nimmt. Vielleicht erkennt dein Vater ihn jetzt noch nicht ganz, aber *ich* sehe ihn. Clélie und Rose ebenfalls. Und andere werden ihn auch bemerken.«

»Glaubst du wirklich?«

Théodore nickte. »Ich bin mir ganz sicher.«

»Als meine Eltern mir sagten, dass ich mich zwischen ihnen entscheiden soll, hab ich genau gesehen, dass mein Papa auf keinen Fall wollte, dass ich mich für ihn entscheide. Schließlich könnte er sich auch nicht um mich kümmern, er ist ja nie da.«

Sie sagte das so traurig, dass Théodore ihre Hand nahm.

»Willst du einen Beweis, dass deine Eltern sich einmal geliebt haben?«, fragte er.

»Ja.«

»Der Beweis bist du selbst.«

Sie spürte, wie ein tiefer Friede sie überkam, und lächelte ihn an.

»Ich kenne den Schmerz, von dem du sprichst, sehr gut«, sagte er.

Colline blickte ihn überrascht an.

»Er hat auch mich jahrelang begleitet. Als Kind spürte ich ihn oft. Als ich barfuß mein Dorf in Algerien verlassen habe, war er da. Als ich in Frankreich ankam und mir als Lagerarbeiter die Abendkurse finanzierte, um Finanzbuchhalter zu werden, war er auch da. Und wenn in den Blicken der anderen keine Menschlichkeit lag, war er ebenfalls da. Aber ich konnte mich davon heilen.«

Der alte Mann war sich sicher, dass Colline auch lernen konnte, ihre Schmerzen zu kanalisieren. Sie brauchte eine Schutzhülle für ihre Gedanken, eine Art Epidermis für die Seele, wie der Analytiker Didier Anzieu es so treffend formuliert hatte. Einen Schutz, einen Behälter für ihre Gefühle, Empfindungen und all das, was in ihr so heftig loderte. Nur unter dieser Bedingung würde sie ihren Platz in der Welt finden und sich endlich beruhigt fühlen.

»Wir werden uns um deine Seele kümmern«, sagte Théodore.

»Was ist eigentlich die Seele?«, fragte das Kind.

»All das, was schön an einem Menschen ist.«

»Aber wo ist sie?«

»Wenn du die Augen schließt und ganz still bist, kannst du sie hören und spüren.«

»Und wenn wir sterben, wo geht sie dann hin?«

»Niemand weiß es sicher. Manche Leute meinen, dass im Augenblick des Todes alles aufhört. Ich glaube, dass die Seele uns überlebt und anderswo wiedergeboren wird.«

Colline war sehr beeindruckt und dachte an ihren Großvater. Wo war seine Seele? Vielleicht gerade jetzt unmittelbar neben ihr. Sie erbebte. »Kann man ohne Seele leben?«

»Sagen wir mal, man kann Entscheidungen treffen, die der Seele widersprechen.«

»Habe ich auch eine?«

»Natürlich! Sogar eine wunderschöne Seele.«

»Woher weißt du das?«

»Weil ich sie sehe.«

»Du kannst Seelen sehen?«

»Ich glaube schon«, antwortete Théodore.

»Wie stellst du das an?«

Der alte Mann nahm sich Zeit zum Nachdenken. Die Seele zu sehen bedeutete, der einfachen Vision zu entsagen und den anderen und das, was ihn ausmacht, aus nächster Nähe wahrzunehmen. Daher war Théodore der Ansicht, dass die Augen kein Organ der Vision, sondern eines der Division waren. »Du kannst die Seele auch sehen«, sagte er.

»Wie denn?«

»Du machst es doch schon!«

Sie schaute ihn groß an.

»Das, was du mit deiner Empfindsamkeit aufnimmst, lässt dich über den äußeren Schein hinausblicken. Du begreifst, was die andere Person zutiefst berührt. Ihre Trauer, ihre Freude, ihren Gefühlszustand … kurz, alles, was sie denkt und spürt, ihr ganzes Sein.«

»Und das bedeutet also, die Seele zu sehen?«

»Sie zu sehen oder sie wahrzunehmen, wenn dir das lieber ist.«

»Aber jeder hat eine Seele?«

»Jeder kann eine haben, doch nicht jeder will sie.«

»Warum?«

»Vermutlich, weil es manchmal einfacher ist, ohne Seele zu leben. Man wird nicht so emotional.«

»Woher weißt du das alles?«, fragte Colline.

»Weil ich es gelernt habe.«

»Wo?«

»Vom Leben, aus Büchern, beim Zusammentreffen mit Menschen … Ich habe mich entschlossen, für mich selbst vier wichtige Säulen zu entwickeln: Wissen, Mut, Willen und Schweigen. Auch wenn ich mich heute sehr schwatzhaft finde!«

Colline war sehr beeindruckt von dem, was Théodore vermittelte. Er verströmte eine mächtige und friedliche Gelassenheit, eine Kraft, die sie noch nie zuvor bei einem Menschen wahrgenommen hatte. »Ich will so werden wie du«, sagte sie.

Ihr Ausspruch brachte ihn zum Lächeln. »Das ist toll, denn man kann es lernen.«

»Aber wie?«

»Zuerst einmal musst du dich um deine Seele kümmern.«

»Wie denn?«

»Du brauchst einen wachsamen Hüter am Eingang deiner Seele. Sobald ein trauriger Gedanke einzudringen versucht, musst du ihn verjagen, indem du an etwas Fröhliches denkst. Auf diese Weise wirst du nicht länger Opfer deiner Empfindsamkeit. Manchmal klebt man Isolierband um Fenster, damit die Kälte nicht eindringt. Mit der Seele ist es das Gleiche. Man muss Isolierband drumherum kleben und sie genau kennenlernen. So wird sie stärker und kräftiger.«

Colline hörte ihm aufmerksam zu. Niemand hatte je so zu ihr gesprochen. Es war also möglich, ohne Schmerzen zu leben?

»Die erste Übung, die wir machen, soll die Geduld stärken.«

Sie hing an seinen Lippen. Der alte Mann nahm eine Packung getrocknete Kichererbsen und leerte sie zu Collines großem Erstaunen auf den Boden.

»Jetzt heben wir die Erbsen ganz langsam einzeln auf und legen sie in diese Schüssel.«

»Aber … wozu?«, fragte sie.

»Um Ausdauer und Konzentration zu entwickeln. Also los!«

Beide knieten sich auf den Boden und begannen, die Erbsen einzusammeln. Colline ging schnell in der Aufgabe auf und beendete ihre Arbeit, ohne zu bemerken, wie die Zeit verging. Stolz zeigte sie Théodore das Ergebnis ihrer Sammelaktion.

»Bravo!«, lobte er sie. Er nahm die Erbsen und verschüttete sie wieder.

Sie starrte ihn an, begann jedoch erneut. So ging es dreimal hintereinander.

»Und jetzt«, verkündete Théodore, »halten wir zehn Minuten ganz still.«

»Ohne uns zu rühren? Das wird aber schwer.«

Sie setzten sich einander gegenüber. Théodore gab das Signal zum Beginn der Aktion. Colline verspürte eine unbändige Lust, die Beine zu bewegen. Am liebsten wäre sie aufgesprungen und durch die ganze Wohnung gerannt. Aber sie konzentrierte sich mit aller Kraft und schaffte die Übung, fast ohne sich zu rühren. Théodore lobte sie.

»Zum Schluss machen wir eine Visualisierungsübung. Du denkst dir etwas aus, ein Bild, das du in dein Inneres projizierst, also in dein Inneres malst. Es kann eine Sache, eine Person, eine Landschaft oder etwas sein, von dem du gern hättest, dass es wahr würde … Was immer du willst. Dabei musst du dich auf jedes Detail konzentrieren, bis das Bild echt aussieht.«

Colline fühlte sich bei dieser Übung sehr wohl, denn sie hatte von jeher »visualisiert«, ohne sich dessen bewusst zu sein.

Sie suchte sich ihre Eltern aus. In ihrem Bild waren sie zusammen, glücklich und verliebt. Colline sah jedes Detail. Bei ihrer Mutter fiel es ihr sehr leicht: Ihr Gesicht, ihr Haar und ihre Kleider kamen ganz natürlich zu ihr. Mit ihrem Vater hatte Colline größere Probleme. Sie konzentrierte sich auf seine hochgewachsene Gestalt, sein dunkelbraunes Haar, die Adlernase und die kleinen Zuckungen, die manchmal über sein Gesicht liefen. Es gelang ihr sogar, seinen Zitronenduft zu riechen.

In der Szene, die sich vor ihren Augen abspielte, atmete alles Harmonie, Frieden und Liebe, und sie flehte stumm zum Himmel: Bitte, lass es wahr werden!

Als die Sitzung mit Théodore zu Ende ging, fühlte sie sich wunderbar und hatte den Eindruck, zum ersten Mal in ihrem Leben Zugang zu den Geheimnissen des Lebens gefunden zu haben.

14

Ein paar Tage später stürmte Colline ins Treppenhaus des Gebäudes. Mirabelle Cômes Aktenkoffer machte einen Abflug und sprang auf, und mehrere Blätter Papier schwebten anmutig vor die Füße des Mädchens, das sich in Entschuldigungen verhaspelte und versuchte, die über den Boden verteilten Unterlagen einigermaßen geordnet wieder aufzusammeln.

»Keine Sorge, die bekomme ich wieder zusammen«, sagte Mirabelle beruhigend.

Collines Blick wanderte zu einem Formular mit dem Stempel *République française*. In dem Dokument ging es unter anderem um elterliches Sorgerecht, Besuchsregelung und Unterhaltszahlungen.

»Ist das für Eltern, die sich scheiden lassen?«, fragte sie Mirabelle.

»Es ist ein Dokument für das Gericht, bei dem familiäre Angelegenheiten geregelt werden.«

Colline runzelte die Stirn.

»Was für ›familiäre Angelegenheiten‹?«

»Streitigkeiten im Fall einer Scheidung, bei denen es um elterliches Sorgerecht, Familienunterhalt und solche Dinge geht.«

»Ist das dein Beruf?«

»Ja.«

»Und du hilfst auch den Kindern?«

»Ja. Ich nehme Stellung zu Fragen, die sie direkt betreffen, und befasse mich damit, Konflikte zwischen den Eltern zu regeln.«

»Damit sie sich besser verstehen?«, fragte Colline.

»Um die beste Lösung für alle zu finden.«

»Aber hilfst du den Eltern, wieder zusammenzukommen?«, beharrte Colline.

»Nein, das gehört nicht zu meinen Aufgaben. Ich greife ein, wenn sie sich scheiden lassen.«

Enttäuschung spiegelte sich auf dem Gesicht des Mädchens.

»Zum Beispiel lege ich fest, bei wem das Kind leben soll; ich regele das Besuchsrecht und beziffere die Höhe des Unterhaltsgeldes … Ich höre denen zu, die meine Dienste in Anspruch nehmen, und beurteile die Situation.« Und weil Mirabelle Collines Lage kannte, fügte sie bewusst hinzu: »Das Wichtigste für mich ist, immer im Interesse des Kindes zu handeln.«

Colline reichte ihr das letzte Blatt, das noch auf dem Boden gelegen hatte. »Lassen sich viele Leute scheiden?«

»Ja, in Frankreich gibt es über dreihundertdreißig Scheidungen pro Tag, also ungefähr 121 000 Scheidungen pro Jahr.«

Das Mädchen machte große Augen. »Und alle diese Leute haben Kinder?«

»Nein, nicht alle. Aber es gibt viele Scheidungen, bei denen Kinder betroffen sind. Und die müssen wir beschützen.«

Colline betrachtete ihre Schuhspitzen. »Meine Eltern lassen sich auch scheiden. Zwischen ihnen ist es aus und vorbei. Es gibt keine Hoffnung mehr.«

Mirabelle kniete sich vor sie. »Alles wird gut, du wirst sehen. Und wenn du Fragen hast, kannst du mich besuchen. Ich wohne im zweiten Stock, weißt du noch? Du darfst jederzeit klingeln«, sagte sie und gab Colline einen Kuss auf die Wange.

Colline sah ihr nach, ehe sie zu ihrem Lieblingsbaum in den Garten lief. Kurz darauf kam Clélie zu ihr.

»Was machst du da? Führst du Selbstgespräche?«

»Nein, ich diskutiere mit meinem Baum.«

»Komm, Süße, wir gehen ein Stück spazieren, und du verrätst mir deine Geheimnisse.«

»Cool!«, rief Colline und warf sich in Clélies Arme.

15

Am Montag, den zwanzigsten Juli, lud Rose Colline und Clélie ein, den Abend bei ihr zu verbringen und sich gemeinsam einen Film anzusehen. Sie verabredeten sich für acht Uhr eine Etage tiefer. Die ehemalige Französischlehrerin öffnete mit einer Taschenlampe in der Hand die Tür. Sie hatte alle Fensterläden geschlossen. Die Wohnung war in fast völlige Dunkelheit getaucht. Überrascht ließen Clélie und Colline sich von Rose wie von einer Platzanweiserin im Kino ins Wohnzimmer führen. Sie setzten sich auf die Couch. Colline verstaute Lapinou zu ihrer Rechten und legte ihr Heft auf den gläsernen Couchtisch.

»Seid ihr bereit, meine Lieben?«, fragte Rose fröhlich. »Ich habe uns Popcorn gemacht, damit wir uns so richtig wie im Kino fühlen!«

Sie schaltete den Fernseher ein und legte die DVD in den Player ein. Colline wartete mit Herzklopfen. Auf dem Bildschirm erschien in weißen Buchstaben auf schwarzem Hintergrund:

CHARLIE CHAPLIN
DER VAGABUND UND DAS KIND

Es war einer von Roses Lieblingsfilmen. Sie liebte Chaplin. Der 1921 entstandene Stummfilm erzählt die Geschichte einer verzweifelten Frau, die ihr neugeborenes Kind im Auto wohlhabender Leute zurücklässt. Die Limousine wird von zwei Gaunern gestohlen, die das Baby neben einer Mülltonne absetzen. Chaplin spielt die Rolle des Vagabunden, der das Kind findet und zunächst versucht, es loszuwerden, ehe er es zu lieben beginnt.

Colline saß wie gebannt vor dem Fernseher, fasziniert von der Schönheit, Zärtlichkeit und dem Humor dieses Films. Sie lächelte, lachte herzlich und war sehr gerührt. Sie fühlte sich dem Vagabunden ebenso verbunden wie dem Kind, das von dem jungen Jackie Coogan gespielt wurde. Sie konnte ihre Tränen nicht zurückhalten, als der Kleine krank wurde und der Sozialdienst ihn bei Charlie abholte, der darum kämpfte, den Jungen zu behalten. Ihr Herz pochte auch schneller, als die Mutter des Kindes, aus der inzwischen eine berühmte Opernsängerin geworden war, zufällig und ohne es zu wissen ihren Sohn traf, nach dem sie schon seit Langem suchte.

Glücklicherweise wurde alles nach mehreren Rückschlägen doch noch gut.

Colline hatte leuchtende Augen, als Rose das Licht wieder anknipste.

»Hat dir der Film gefallen?«, fragte sie das Mädchen.

»Und wie!«, antwortete Colline und klatschte in die Hände. »Ich glaube, es ist der schönste Film, den ich je gesehen habe!«

»Alle Filme von Chaplin besitzen eine große Magie. Sie haben eine besondere Ästhetik und sind sehr aussagekräftig. Chaplin war eben ein Genie.«

»Können wir seine anderen Filme auch sehen?«, fragte Colline.

»Ich mache euch einen Vorschlag: Ab sofort findet hier bei

mir jeden Donnerstagabend eine Kinosession mit Popcorn statt.«

»Cool!«, rief Colline und fiel Rose um den Hals.

Clélie und Rose schauten einander an. Sie waren glücklich über die Freude des Kindes und fühlten sich mehr denn je als Wächter über Collines Seele.

16

Wenige Tage später lief Colline gegen achtzehn Uhr dreißig in Richtung Garten und freute sich schon darauf, Théodores Lehren endlich in die Praxis umzusetzen. Die Sonne spielte mit den Blättern der Bäume, die sich in einer lauen, erfrischenden Brise bewegten. Sie rannte zu ihrem Lieblingsbaum, stieß jedoch unerwartet mit einem Jungen zusammen, der sie erstaunt anschaute. Er hatte bernsteinfarbene Augen und braunes, zerzaustes Haar. Zwar fand sie ihn sehr hübsch, fragte sich aber trotzdem, was er unter »ihrem« Baum zu suchen hatte.

»Alles in Ordnung?«, erkundigte sich der Junge. »Du hast dir doch hoffentlich nicht wehgetan?«

»Nein, nein, alles bestens.«

»Wo wolltest du denn so schnell hin?«

»Genau hierhin«, sagte sie und zeigte auf die Stelle, an der er stand.

»Wozu?«

Sie zögerte mit der Antwort. Er mischte sich definitiv in Dinge ein, die ihn nichts angingen. Der Junge lächelte sie an. Colline bemerkte zwei Grübchen in seinen Wangen und konnte den Blick kaum von seinem Gesicht abwenden. Was passierte da gerade mit ihr? Es fühlte sich fast so an, als würde ihr Herz schmelzen. Sie nahm sich zusammen.

»Ich wollte meditieren.«

»Meditieren?«

»Théodore hat es mir gezeigt. Er ist einundachtzig Jahre alt. Man hält ihn aber für viel jünger. Kennst du ihn?«

»Ja klar!«

Colline war überrascht, wie selbstsicher er antwortete. »Wie alt bist du?«, fragte sie.

»Zehn. Und du?«

»Neun. Wie heißt du?«

»Gabriel.«

»Bist du ein Engel?«

»Nein! Wie kommst du darauf?«

»Du weißt schon ... der Erzengel Gabriel ...«

»Ach so. Nein, ich bin nur ein Junge.«

»Ah ...«

»Bist du jetzt enttäuscht?«

»Ein bisschen.«

»Bist du denn mehr als nur ein Mädchen?«

»Ja«, antwortete sie nachdrücklich. »Ich bin ein Kristallkind.«

Gabriel starrte sie lange an.

»Was denn? Was hast du?«, wollte Colline wissen.

»Nichts, ich beobachte dich nur! Du bist das erste Kristallkind, das ich je getroffen habe.«

»Pfft ... hast du noch nie eines gesehen?«

»Nein. Kristallgläser ja, aber ein Kristallmädchen noch nie. Du musst es mir erklären, denn ich weiß nicht mal, was das ist.«

»Es ist ganz einfach«, gab sie ein wenig altklug zurück und erinnerte sich an das, was Clélie ihr neulich erklärt hatte. »Kristallkinder sind ganz besonders feinfühlige Kinder. Sie leiden unter den Bedingungen auf dieser Erde sehr, und deshalb wollen sie die Welt verändern.«

»Wow, wie beeindruckend!«, erwiderte er spöttisch. »Du willst also die Welt verändern?«

»Na klar. Du etwa nicht?«

»Nein. Und ich hätte auch keine Lust, aus Kristall zu sein.«

»Warum nicht?«

»Weil Kristall viel zu leicht zerbricht.«

Colline schwieg. »Und woraus bist du?«, fragte sie ihn schließlich.

»Aus Schmiedeeisen. Das ist wenigstens hart und haltbar.«

»Und was ist gut an einem Jungen aus Schmiedeeisen?«

»Einem solchen Jungen können Stöße nichts anhaben. Er widersteht allen Angriffen auf dieser Welt. Und wenn ich auf meinem Pferd sitze, bin ich sogar noch stärker.«

»Du bist aus Schmiedeeisen und hast ein Pferd?«

»Genau.«

Colline war sehr beeindruckt. Dass jemand aus Eisen sein könnte, hätte sie nie gedacht.

»Verstehst du den Unterschied zwischen Kristall und Schmiedeeisen?«

»Ja, natürlich«, antwortete sie.

»Wenn du einen Stoß bekommst, zerbrichst du, während ich nicht mal Schmerzen habe.«

»Das glaube ich nicht.«

»Wenn ich es dir doch sage!«

»Und wie machst du das?«, erkundigte sie sich herausfordernd.

»Ich mache den Uchi-mata, das ist ein bestimmter Judogriff. Guck mal, so.« Er stellte sich in Angriffsposition. »Wenn du das machst, kann dir gar nichts passieren«, erklärte er. »Hast du verstanden?«

»Nicht wirklich, nein.«

»So pariere ich alle Angriffe. Sie prallen einfach von mir ab.«

»Und wer hat dir das beigebracht?«

»Mein Vater«, antwortete er stolz. »Er ist Judolehrer und superstark. Hat dir deiner keine Judogriffe gezeigt?«

»Nein.« Sie dachte an ihren Vater, der sich gerade irgendwo am anderen Ende der Welt aufhielt, und war plötzlich traurig.

»Was ist los mit dir?«, fragte Gabriel, der ihren Stimmungsumschwung bemerkte.

»Gar nichts.«

»Aber ich sehe doch, dass etwas nicht stimmt. Es hat mit deinem Vater zu tun, richtig?«

Sie leugnete viel zu hastig. Sofort wollte Gabriel wissen, wo ihr Vater war.

»Irgendwo da oben im Himmel«, antwortete sie.

Ein Schatten fiel auf das Gesicht des Jungen, der seine Frage sofort bedauerte. »Tut mir leid, ich wusste nicht, dass er tot ist.«

»Nein, nein, er ist irgendwo im Himmel … Damit meine ich, er sitzt vermutlich in einem Flugzeug!«

»Ist er Pilot?«

»Nein. Als Passagier.«

»Die ganze Zeit?«

»Ja. Im Moment ist er in Japan, Südamerika oder vielleicht auch in den USA. Ich bin mir nicht sicher.«

»Aber dann siehst du ihn ja nie.«

»Stimmt.«

»Bist du deshalb aus Kristall?«, fragte er sie.

»Vielleicht. Ich weiß es nicht.«

Gabriel dachte, dass er viele Leute kannte, die ihren Vater

nicht oft sahen, doch die waren bestimmt nicht aus Kristall. Da musste es irgendein Geheimnis geben. Er starrte Colline an. Sie war ziemlich dünn, doch sehr hübsch, mit großen blauen Augen und lockigen blonden Haaren. Ein beunruhigendes Gefühl keimte in ihm auf.

Sie standen einander gegenüber und traten von einem Fuß auf den anderen. Mit einem Mal waren sie verstummt und fanden keine Worte mehr. Colline erholte sich als Erste wieder.

»Gut, aber jetzt muss ich meditieren.«

»Okay«, sagte er. »Dann lass ich dich mal allein und gehe zu meinem Pferd. Bis bald!«

»Bis dann.«

Er ging davon. Colline blieb allein unter ihrem Baum, der sie mit seinen großen Blättern vor der Spätnachmittagssonne schützte. Ihr fiel ein, dass sie dem Jungen nicht einmal ihren Namen verraten hatte und auch nicht wusste, wo er wohnte. Aber egal, dachte sie.

Sie setzte sich, lehnte sich mit dem Rücken an den Baum und begann zu meditieren, wie Théodore es ihr gezeigt hatte. Doch sie brachte es nicht fertig, sich zu konzentrieren. Sobald sie die Lider senkte, sah sie bernsteinfarbene Augen und braunes, zerzaustes Haar vor sich. Zwar ärgerte sie sich darüber, doch was auch immer sie an diesem Abend tat, ihre Gedanken kehrten andauernd zu diesem schmiedeeisernen Jungen zurück.

17

Clélie und Colline saßen nebeneinander auf dem Balkon. Der Abend dämmerte herein, und die Luft war kühl und trocken. Das Mädchen schien in Gedanken versunken zu sein. Clélie suchte nach einem Gesprächsthema, fand aber nichts, was mit dem für lange Sommerabende typischen, tiefblauen Himmel hätte konkurrieren können, wenn sich der sonnige Tag auf Zehenspitzen zurückzog, einen herrlich goldenen Dunst zurückließ und die ersten Sterne bereits schüchtern hervorblinzelten.

Collines Herz pochte laut. War es die Schönheit des Himmels? Oder die Tatsache, dass Clélie bei ihr war, deren Liebe sie spürte? Sie konnte nicht feststellen, was ihr das Herz derart zusammenpresste und sie daran hinderte, ihr Gefühl in Worte zu fassen, wie Rose es sie gelehrt hatte. In ihr hatten sich Empfindungen gesammelt, die sie nicht auszusprechen wusste. Ein einziges Wort fiel ihr ein, doch sie brachte es nicht über die Lippen. Tränen stiegen ihr in die Augen.

Clélie sah die feuchte Spur auf Collines Wangen und streckte die Hand aus, um den Kummer des Mädchens einzufangen. »Weine nicht, mein Liebling.«

»Ich will nach Hause …«

Clélie versetzte es einen Stich, und sie griff nach dem Handy. »Ich rufe deine Mama an.«

»Nein … ich meine ein anderes Zuhause, irgendwo dort, weit weg.« Sie zeigte auf den Sternenhimmel.

Clélie blieb fast das Herz stehen. »Wo ist dieses Zuhause?«

»Es ist weit fort von hier. Und es ist anders.«

»Was ist anders? Meinst du … die Menschen?«

»Ich meine alles. Alles ist dort anders.«

»Erzähl mir davon.«

»Überall sind Tiere, Bäume, Blumen und das Meer … und es gibt Feen. Kein Papa und keine Mama hören auf, sich lieb zu haben. Und kein Papa und keine Mama bitten ihre Kinder, sich zwischen ihnen zu entscheiden. Alles ist schön, aufgeräumt und ganz bunt. Und alles ist sanfter, viel sanfter als hier.«

Clélie schwieg; sie war zutiefst erschüttert.

»Warum haben sich meine Eltern nicht mehr lieb?«, fragte das Mädchen.

»Ich weiß, es ist schwer für dich, aber so wird es nicht bleiben, das verspreche ich dir.«

»Wie wird es denn dann?«

»Besser.«

»Wann?«

»Eines Tages.«

»Eines Tages wann?«

»Eines Tages bald.«

Colline versuchte, sich diesen Tag vorzustellen. Sie schloss die Augen und konzentrierte sich wie jedes Mal, wenn sie ihren Träumen Leben einzuhauchen versuchte. »Eines Tages bald«, hatte Clélie gesagt. »Aber wann ist bald?«, fragte sie.

»Sieh mal, Colline, eine Sternschnuppe!«

Das Kind blickte in die von Clélie angezeigte Richtung und hatte gerade noch Zeit, eine leuchtende Spur zu erhaschen.

»Wünsch dir was!«

»Du auch!«

Clélie schloss die Augen. Ich wünsche mir, dass Colline ihren Platz in dieser Welt findet, dachte sie. »Ich habe mir was gewünscht«, sagte Clélie.

»Erledigt.« Colline war langsamer. Sie überlegte lange. Schließlich bestand immer eine Chance, dass ein Traum wahr wurde, also musste man sehr vorsichtig mit dem sein, was man sich wünschte. Stumm formulierte sie ihren Wunsch: Ich wünsche mir, dass mein Papa und meine Mama sich so lieb haben wie früher. »So. Auch erledigt.«

»Behalte den Wunsch in deinem Herzen und denke von Zeit zu Zeit daran, wie an eine Blume, die du gießt. Eines Tages geht er in Erfüllung.«

Zitternd suchte Colline den Himmel nach weiteren Sternschnuppen ab. Sie hatte noch so viele andere Wünsche. Aber an diesem Abend blieb der Himmel stumm.

Später in ihrem Bett dachte sie noch einmal über das nach, was Clélie gesagt hatte. In Gedanken goss sie ihren Traum wie eine Blume und schlief mit den Händen auf dem Herzen ein.

18

Colline hatte Rose mehrere Tage lang nicht gesehen und freute sich daher über eine Einladung der ehemaligen Französischlehrerin. Auch Clélie war zu dem eingeladen, was Rose ihnen als eine Art »Sondervorstellung« präsentierte. Es war acht Uhr abends, und draußen war es noch hell.

Nach ein paar Begrüßungsworten holte Rose ein Heft aus ihrem Sekretär und öffnete es. Ihre schöne, regelmäßige Handschrift bedeckte mehrere Seiten. Ihr entschlossener Schritt und ihr selbstbewusster Tonfall erinnerten an die Lehrerin, die sie einmal gewesen war. Clélie und Colline saßen auf der Couch und sahen zu, wie sie in ihrem Wohnzimmer umherspazierte und dabei lebhaft sprach.

»Es ist nicht gut, wenn der Geist während der Ferien brachliegt. Deshalb, liebe Colline, habe ich ein Programm für dich vorbereitet.«

»Ein Programm?«, wiederholte das kleine Mädchen gespannt.

»Richtig. Hör zu: Vormittags liest du die Werke großer Autoren und sprichst oder schreibst über das Gelesene. Nachmittags gehen wir ins Museum, und du berichtest anschließend über das, was du gesehen hast. Und am Abend vervollständigst und bereicherst du deinen Wortschatz.«

Colline geriet in Panik. Sie warf Clélie einen flehenden Blick zu, die auch sogleich eingriff.

»Meine liebe Rose, ich verstehe zwar das Ziel des Programms, das Sie vorschlagen, aber es erscheint mir zu … militärisch und anspruchsvoll. Schließlich braucht Colline auch etwas Luft zum Atmen und Zeit zum Spielen.«

»Also gut«, lenkte Rose ein und legte mit Bedauern ihr Notizbuch beiseite. »In diesem Fall schlage ich vor, dass sich Colline einmal wöchentlich Gedanken über einen Satz eines berühmten Autors macht. Was halten Sie davon?«

»Welchen Satz zum Beispiel?«, erkundigte sich das Mädchen.

Erfreut über Collines Interesse, griff Rose wieder zu ihrem Heft. »Pass auf, Liebes. Diesen Satz hier habe ich eigens für dich ausgewählt. Er stammt von dem französischen Dichter René Char: ›Hellsichtigkeit ist die der Sonne am nächsten gelegene Wunde.‹«

Colline hörte mit ihrem ganzen Wesen zu. Oft vernahm sie bei Worten eine Art Musik, die sie so deutlich hörte, als wäre jeder Buchstabe mit einem bestimmten Klang verbunden. Manchmal sah sie auch Farben, wie es bei diesem Satz der Fall war. Sie hörte ein zartes Geräusch, sah Blau, Gelb und Schwarz. Colline ahnte nicht, dass sie Synästhetiker war und dank eines neurologischen Phänomens ein Sinnesreiz bei ihr eine zusätzliche Wahrnehmung in mindestens einem anderen Sinn auslöste.

»Also, was sagst du dazu?«, fragte Rose. »Ich hätte gern, dass du diesen Satz in dein Heft schreibst und dir etwas dazu überlegst.«

»Aber was?«

»Was du dabei empfindest oder was der Satz für dich bedeutet. Du kannst dich auch an die Stelle der Sonne versetzen, zum Beispiel: ›Wenn ich die Sonne wäre, würde ich sanft leuchten …‹ Hast du verstanden, um was ich dich bitte?«

Colline machte sich hastig Notizen. »Wenn ich die Sonne wäre …« Diese Perspektive gefiel ihr sehr. »Das ist aber ganz schön schwierig«, bemerkte sie.

»Natürlich ist es schwierig, was denkst du denn, meine Kleine? Dass im Leben alles vom Himmel fällt? Nein, man muss neugierig sein, alles hinterfragen und sich erarbeiten. Fangen wir doch einfach einmal an: ›Hellsichtigkeit ist die der Sonne am nächsten gelegene Wunde.‹ Was bedeutet Hellsichtigkeit?«

Colline schwieg. Rose gab ihr ein Nachschlagewerk und bat sie, die Definition laut vorzulesen.

»*Hellsichtig: scharfsichtig, voraussehend.*«

»Genau«, sagte die Französischlehrerin. »Hellsichtig zu sein bedeutet, die Dinge so zu sehen, wie sie wirklich sind.«

»Aber sie sind oft so hässlich!«, rief Colline.

»Das ist der Punkt! Deshalb ist es eine Wunde, und deshalb ist sie der Sonne nahe. Denn was macht die Sonne?«

»Sie scheint«, antwortete das Mädchen.

»Und sonst noch?«

»Sie brennt.«

»Genau, jetzt hast du es!«

Je besser sie die Feinsinnigkeit des Bildes von René Char begriff, desto deutlicher spürte Colline, dass mit ihr etwas ganz Neues, Wunderbares geschah. Mit glänzenden Augen und wachen Sinnen schrieb sie ein paar Worte in ihr Heft.

Plötzlich hörten sie einen Schlüssel im Eingangsbereich, und eine Tür fiel ins Schloss. Gabriel betrat das Wohnzimmer. Als sie ihn sah, zuckte Colline zusammen und spürte, wie sich ihr Herzschlag beschleunigte.

»Ah, da bist du ja endlich!«, stellte Rose in strengem Ton fest. »Colline, das ist mein Enkel Gabriel. Gabriel, das ist Colline, eine liebe Freundin von mir.«

»Wir kennen uns schon«, bemerkte er brummig.

»Stimmt«, fügte Colline im gleichen Tonfall hinzu.

Die Spannung entging Rose und Clélie durchaus nicht. Sie blickten einander fragend an.

»Komm, setz dich zu uns, Gabriel. Wir sind gerade bei den Ferienaufgaben.«

Der Junge seufzte und nahm mit einem hochmütigen Gesichtsausdruck auf einem Stuhl Platz.

»Gut! Colline, du hast eine Woche Zeit, deine Gefühle zu René Chars Satz aufzuschreiben und mir dann das, was du notiert hast, zu geben. Für heute Abend aber habe ich etwas vorbereitet, was euch bestimmt gefällt. Das ist unsere Sondervorstellung.«

Roses geheimnisvolles Aussehen machte sie alle neugierig. »Jeder von uns wird sein eigenes Selbstlob schreiben. Clélie weiß, wie sehr ich die Schriftstellerin und Essayistin Christiane Singer verehre. Durch sie habe ich Marie Milis entdeckt, die wiederum den Singer-Satz zitiert: ›Jedes Sein ist das Zentrum der Welt. Jeder Mensch, ob er es nun weiß oder nicht, ist Held in einem kosmischen Epos.‹ Und genau dieses Epos werden wir in Worte fassen.«

»Hab ich nicht kapiert«, murrte Gabriel.

»Das wundert mich nicht«, antwortete Rose streng. »Das Eigenlob stammt aus der afrikanischen Weisheit. Man schreibt oder verkündet eine Darstellung seiner selbst, und zwar ohne Lügen, aber auch ohne falsche Mäßigung. Es gibt nur eine Anforderung: alles zu verstärken. Ich gebe euch ein Beispiel: ›Ich bin der Stern, der die Welt mit seiner Güte erleuchtet. Ich bin die Sonne der Vergebung, die den Schatten der Wut bekämpft …‹ Und so weiter. Ist es jetzt klarer?«

»Nicht wirklich«, maulte der Junge.

»Doch, schon«, widersprach Colline. »Ich wüsste ein gutes Beispiel: ›Ich bin Gabriel, der nichts versteht und Schlauheit in Dummheit verwandelt.‹ Kapiert?«

Gabriel schluckte betroffen. Colline erkannte, dass sie ihn verletzt hatte, und bedauerte ihre Worte sofort.

Rose griff ein. »Das Eigenlob muss ganz und gar positiv sein, denn es zielt darauf ab, unser Wesen zu erheben. Es entstammt der afrikanischen Praxis des *kasala*, das man mit ›Selbstlob‹ oder ›Namen der Kraft‹ übersetzen kann. Hört euch an, was Marie Milis in ihrem Buch sagt: ›*Es geht darum, mir darüber bewusst zu werden, dass die Linie meiner Vorfahren, die tatsächlich existiert hat, mich mit dem Ursprung der Welt verbindet.*‹«

Mit dem Ursprung der Welt? Colline erschauderte bei diesen Worten. Selbst Gabriel schien sich jetzt für die Erfahrung zu interessieren.

Rose verteilte Papier und Stifte. »Beginnt euer Selbstlob mit ›Ich bin derjenige, der …‹ oder mit ›Ich bin diejenige, die …‹ Das hilft.«

Sie fingen an und überlegten. Nach etwa zehn Minuten fragte Rose, ob jemand sein Eigenlob laut vorlesen wolle.

Gabriel stand auf. »Ich bin der Junge aus Schmiedeeisen, den nichts zerbrechen kann. Ich bin der große unbesiegbare Soldat, der auf seinem geflügelten Pferd galoppiert. Ich bin derjenige, der nie Schmerzen hat. Ich regiere über mehrere Königreiche, und ich tue, was ich will. Ich bin derjenige, der Angst einflößt, und niemand greift mich jemals an. Ich bin der große Gabriel.«

Rose applaudierte, ebenso wie Clélie und Colline.

»Und jetzt ich«, verkündete Rose. Sie stand auf und sprach

laut. »Ich bin der große Zenturio, die Zauberin vom Beginn des Universums. Ich bin der Leuchtturm des Wissens, der die dunkle Nacht erhellt. Meine Augen sind Laternen, die jeden meiner Schritte leiten. Ich bin die weibliche Kraft, die dem Universum dient. Eine große Seele und ein großes Herz. Ich strebe ohne Fesseln und ohne Angst vorwärts. Ich bin die Göttin der Liebe, das große Bewusstsein.«

Alle applaudierten heftig.

Anschließend kam Clélie an die Reihe. »Ich bin die Königin des Brotes und der Honigkuchen, die Frau, die den Gaumen erfreut. Ich bin diejenige, die köstliche Torten und bunte Sandwichs macht. Ich bin diejenige, die nährt.«

»Bravo, Clélie!«, rief Rose. »Und jetzt du, Colline.«

Das Kind stand auf und fühlte sich plötzlich sehr eingeschüchtert. »Ich bin das kleine Mädchen aus Kristall, das in die Seelen der Menschen guckt und dort oft traurige Geschichten liest. Ich bin die Fee ohne Zauberstab. Ich bin ein rosa Engel …« Sie unterbrach sich.

»Weiter«, drängte Clélie und nickte ihr aufmunternd zu.

»Nein, denn jetzt brauche ich Engelsflügel.«

»Engelsflügel? Aber wozu denn?«, erkundigte sich Rose.

»Weil ich sagen möchte, dass ich im Garten einen Engel getroffen habe, doch dafür brauche ich unbedingt Flügel.«

Gabriel verstand nicht, dass sie sich auf ihre Begegnung im Garten bezog, und betrachtete sie spöttisch.

»Leider habe ich keine für dich«, sagte Rose. »Doch ich schlage vor, du klebst dir welche aus Papier an den Rücken. Das reicht bestimmt.«

»Aber nein!«, begehrte das Mädchen auf. »Ich will echte Flügel! Ich brauche sie.«

Rose wurde ärgerlich. »Meine Kleine, für unser Leben haben

wir bestimmte Zutaten zur Verfügung. Wichtig ist zu wissen, wie man ein gutes Rezept aus alldem herstellt.«

Colline sah so traurig aus, dass Rose ein wenig sanfter wurde.

»Ein kleines Beispiel: Du hast Hunger, aber dir stehen nur Karotten und ein paar Gewürze zur Verfügung. Würdest du dich beklagen, weil dir der Sinn eher nach Artischocken steht, oder würdest du versuchen, aus deinen Möhren und Gewürzen das originellste und köstlichste Gericht zuzubereiten?«

Colline runzelte die Stirn, konnte sich jedoch nicht auf diese Karotten- und Artischockengeschichte konzentrieren, die ihr nichts sagte.

»Nun, im Leben ist es ebenso«, schloss Rose. »Wir müssen mit dem arbeiten, was wir haben.«

»Aber ich brauche Flügel!«, wiederholte Colline aufgeregt.

»Wozu denn?«, fragte Gabriel.

Sie sah ihn an, als wäre er nicht ganz gescheit. »Ein Engel ohne Flügel ist kein richtiger Engel.«

»Um ein Engel zu sein, braucht es mehr als nur Flügel«, sagte er spöttisch. »Und wenn du das nicht weißt, bedeutet es, dass du keiner bist!«

Colline errötete. Sie spürte, wie ihr die Tränen kamen, sprang auf und lief davon. Hastig stieg sie die Treppe hinauf, die sie von Clélies Wohnung trennte, öffnete die Tür, stürzte in ihr Zimmer und warf sich in die Arme ihres Plüschkaninchens.

Clélie fand sie weinend in ihrem Bett. »Ach, Colline, so schlimm war es doch nicht …«

»Gabriel ist gemein!«

»Aber nein, er wollte dir nicht wehtun«, sagte Clélie und streichelte Collines Wange. »Magst du ›Kleine Sonnen‹ spielen?«

»Nein!« Colline schluchzte immer noch.

»Komm schon, wie viele Sonnen waren es heute?«

Colline antwortete nicht.

»Wie viele?«

»Null«, sagte das Mädchen traurig.

»Das ist unmöglich. Du warst sicher nur nicht aufmerksam genug.«

»Ja, aber … Es liegt an Gabriel.«

»Colline, ich werde dich nicht ohne ein bisschen Sonne einschlafen lassen. Du musst mindestens eine finden.«

Das Kind dachte nach. Schließlich leuchtete Collines Gesicht auf. »Du! Du bist die Sonne!« Sie warf sich in Clélies Arme, die ihr mit der Hand durch das blonde Haar strich. Es war weich und duftete nach Honig. Irgendwo hatte Clélie gelesen, dass Zärtlichkeit ein Glückshormon freisetzte, und dachte, dass alle einander viel öfter streicheln sollten.

Nachdem Clélie das Zimmer verlassen hatte, arbeitete Collines Gehirn auf Hochtouren. Sie stand auf, holte ihr rosa Heft hervor und las René Chars Satz noch einmal: »*Hellsichtigkeit ist die der Sonne am nächsten gelegene Wunde.*« Sie knabberte an ihrem Stift und begann schließlich, eifrig zu schreiben:

Alles zu sehen verbrennt das Herz. Wenn es zu offen ist, bekommen die Gefühle alle Sonnenstrahlen auf einmal ab, und das verbrennt sie. Nötig wäre es, weiße Wolken über sein Herz zu verteilen und es immer dann regnen zu lassen, wenn etwas wehtut.

Wäre ich die Sonne, würde ich an manchen Tagen nicht aufgehen. Die Leute wissen es nicht, aber zu scheinen ist sehr anstrengend.

Wäre ich die Sonne, würde ich mit meinen Strahlen sehr vorsichtig sein, weil ich niemandem wehtun will.

Wäre ich die Sonne, wären meine Tränen aus Feuer, aber glücklicherweise wäre ich mit dem Meer befreundet und könnte mich hineinlegen, damit es mein brennendes Herz abkühlt.

Zurück im Bett, zählte Colline die kleinen Sonnen und stellte überrascht fest, dass ihr Tag doch gar nicht so dunkel gewesen war. Lächelnd schlief sie ein.

19

Der nächste Tag war ein Montag. Clothilde Legrand, die Opernsängerin aus dem fünften Stock, hatte an diesem Tag immer frei. Colline sah, wie sie das Haus betrat, und bewunderte fasziniert ihr außergewöhnliches rotes Haar. Es war sehr dicht und kringelte sich graziös bis fast zur Taille. Clothilde trug immer leuchtende Farben: Orange, Pink, Gelb oder Grün. Colline wusste die Opernsängerin nicht recht einzuordnen, was sie ein wenig verunsicherte. Verborgen in einer Ecke des Eingangsbereichs, beobachtete Colline, wie Clothilde summend ihre Post aus dem Fach holte, und schloss dann schnell die Augen, um nicht einen Ton der Melodie zu versäumen.

Als sie die Augen wieder öffnete, stand Clothilde direkt vor ihr und lächelte sie an. Colline zuckte verlegen zusammen, aber die Sängerin half ihr sofort über die Unsicherheit hinweg.

»Magst du Musik?«, fragte sie.

»Oh ja!«

»Singst du gern?«

Colline schwieg.

»Gibt es ein Lied, das dir besonders gut gefällt?«

»Ja.«

»Singst du es für mich?«

»Aber ich kann nicht singen …«

»Natürlich kannst du, nur zu!«

»Kennst du Barbara?«

Clothilde war überrascht von dieser Wahl eines Kindes.

»Meine Mama hört es ständig.«

»Und welches von Barbaras Chansons singst du für mich?«

»Eines, das ich singe, wenn ich an meinen Papa denke. Es ist das schönste von allen.«

»Na, dann los! Ich höre dir zu.«

Colline verließ die Nische, in der sie sich versteckt hatte, und holte tief Luft. Überrascht lauschte Clothilde der glasklaren Stimme, die durch den Flur des Hauses schallte.

So viele Tage, so viele Nächte!
Wie lange bist du schon wieder fort?
Du hast mir gesagt:
»Dieses Mal ist es die letzte Reise.
Für unsere zerrissenen Herzen ist es der letzte Schiffbruch.
Du wirst sehen, im Frühling bin ich wieder zurück.
Der Frühling ist eine gute Zeit, um von Liebe zu sprechen:
Wir werden uns gemeinsam die blühenden Gärten ansehen
Und in den Straßen von Paris flanieren.«

Sag, wann wirst du wiederkommen?
Sag, weißt du es wenigstens?
Dass all die Zeit, die vergeht,
Sich kaum nachholen lässt …
Dass all die verlorene Zeit
Sich nicht zurückholen lässt!

Colline brach ab. »Das war's«, sagte sie und betrachtete ihre Schuhspitzen.

»Bravo! Es war wunderschön!«

Das Mädchen sah sie überrascht an.

»Deine Stimme ist sehr hübsch. Hast du schon mal Gesangsunterricht genommen?«

»Nein, noch nie.«

»Würdest du gern singen lernen?«, erkundigte sich Clothilde.

»So wie du?«

»Nein, so wie *du!*«

Colline wand sich ein bisschen und trat eingeschüchtert von einem Fuß auf den anderen. »Ich weiß nicht, ob ich das kann …«

»Ich bin mir ganz sicher, dass du es kannst. Sollen wir es einfach mal versuchen?«

»Wann? Jetzt?«

»Klar! Es sei denn, du hast etwas anderes zu tun. Ich bin frei wie ein Vogel. Komm mit, wenn du magst.«

Die Wohnung der Sängerin war sehr originell. Jeder Raum hatte eine eigene Farbe, und das Ganze wirkte sehr harmonisch. Vor allem der Duft fiel Colline auf. Ein warmer, angenehmer Duft, der in der gesamten Wohnung hing. Mitten im Wohnzimmer stand ein Schreibtisch aus Holz, direkt vor einem großen malvenfarbenen Paneel mit kleinen Vasen in dafür vorgesehenen Vertiefungen. Es sah aus wie eine Wand aus bunten Blumen und war wunderschön. Eine schmiedeeiserne, mit Samt bezogene Chaiselongue verlieh dem Ganzen eine romantische Note. Regale mit ordentlich sortierten CDs nahmen einen großen Teil des Raumes ein. Gleich daneben lagen Stapel von Partituren.

Colline fühlte sich in der Wohnung sofort wohl.

Clothilde brachte ihr ein großes Glas Wasser. »Wir fangen mit ein paar Körperübungen an.« Auf Collines überraschten Blick hin erklärte Clothilde: »Im Gegensatz zur allgemein herrschenden Ansicht ist Singen eine sehr körperliche Aktivität. Zunächst entspannen wir uns ein bisschen.«

Sie hob die Arme, atmete ein, ließ sie dann wieder fallen und atmete dabei aus. Colline tat es ihr nach. Sie setzten die Übung fort, indem sie beim nächsten Mal nicht nur die Arme, sondern den ganzen Oberkörper beim Ausatmen fallen ließen. Dann rubbelten sie ihren gesamten Körper mit den Händen und schüttelten ihre Gliedmaßen. Colline fand das alles sehr lustig.

»Jetzt«, sagte Clothilde, »konzentrieren wir uns auf unsere Atmung. Man atmet ein, indem man den Bauch aufbläst, und man atmet aus, indem man ihn wieder einzieht.«

Colline konzentrierte sich. Mit Théodore hatte sie das Atmen gelernt, und es fiel ihr leicht. Dann bat die Sängerin sie, auszuatmen und dabei »aaaaa« zu singen, ohne den Ton zu unterbrechen. Das war zwar etwas schwieriger, aber das Mädchen schaffte es ohne Probleme.

Clothilde applaudierte. »Gut, dann kommen wir jetzt zu den Glissandos!«

»Den was?«, fragte Colline.

»Den Glissandos. Eine kontinuierliche Veränderung der Tonhöhe. Ich zeige dir, wie man es macht.«

Clothilde sang ein Glissando von sehr tiefen zu sehr hohen Tönen.

»Siehst du? Du fängst ganz unten an und gehst zu dem über, was man ›Kopfstimme‹ nennt. Am Anfang ist deine Stimme sicher noch ein wenig schwach, aber mit der Zeit wird sie immer voller. Wichtig ist, dass du das Gefühl der Schwingungen in deiner Brust und in deinem Mund erkennst, wenn du tiefe Töne singst, und in deinem Kopf, wenn du hohe Töne singst. Sollen wir es versuchen?«

Colline konzentrierte sich und schaffte ein sehr beachtliches Glissando, das ihr Glückwünsche von Clothilde einbrachte.

»Nächstes Mal zeige ich dir noch andere Techniken.«

»Dann darf ich also wiederkommen?«

»Nur wenn du Lust hast«, antwortete Clothilde.

»Äh … ja, sicher«, stammelte Colline und wurde rot. Sie starrte auf ihre Schuhspitzen und war gerührt, dass Clothilde so interessiert an ihr war, dass sie ihr das Singen beibringen wollte. Colline mit ihrer hochempfindlichen Sensibilität, die sich so oft unsichtbar fühlte, als ginge sie völlig in der Masse unter, war ganz durcheinander.

»Und jetzt spiele ich dir ein Lied von Serge Lama vor, das genau zu dir passt!«, sagte die Sängerin. Sie schaltete einen kabellosen Lautsprecher ein und durchsuchte ihr Handy. Im Wohnzimmer erklang die Stimme des Chansonniers.

Sobald wir singen,
Wird das Wetter schön.
Die Worte, die wir erfinden,
Stehlen wir den Vögeln.
Wir denken schon zu Beginn unseres Lebens,
Dass es nie, nie, nie zu Ende geht.
Ich liebe dich wie verrückt.
Ich liebe dich wie verrückt.
Ich liebe dich wie verrückt.
Ich liebe dich wie verrückt.
Ich liebe dich wie verrückt, dich, das Leben …

Als Clélie zwei Stunden später nach Hause zurückkehrte, hörte sie eine schöne Melodie durch die Wohnung schweben. Sie stellte die Einkaufstasche ab und ging zu Collines Zimmer hinüber. Die klare Stimme des Mädchens drang deutlich bis zu ihr.

Ich liebe dich wie verrückt.
Ich liebe dich wie verrückt.
Ich liebe dich wie verrückt, dich, das Leben …

Ein Lächeln erschien auf Clélies Lippen.

20

Rose machte sich große Sorgen um Gabriel. Eigentlich hätte er den ganzen August über mit seiner Mutter Lorraine in Urlaub fahren sollen, aber nachdem er sich wiederholt geprügelt hatte, war er zu Rose geschickt worden, damit sie ihn »auf den rechten Weg« brachte.

Natürlich stellte das den akribisch durchorganisierten Tagesablauf der pensionierten Lehrerin ganz erheblich auf den Kopf. Gabriel war kein schlechter Kerl, doch Rose wusste schon seit geraumer Zeit, dass etwas mit ihm nicht stimmte. Ein Kinderarzt hatte bei ihm Hyperaktivität diagnostiziert und für eine Weile Ritalin verschrieben. Aber der Junge hatte nicht gut darauf reagiert, und das Medikament hatte wieder abgesetzt werden müssen. Lorraine wurde häufig zur Schulleiterin gebeten. Zu Gabriels größten Dummheiten (die er selbst »Erfahrungen« nannte) zählten ein Karton mit zerbrochenen Eiern in den Schuhen seiner Mutter, ein blau angestrichener Fernseher und ein ebensolcher Teppichboden, ein angepinselter Familiencomputer, umgekippte Bücherregale und aufgerissene Sofakissen, deren Füllung er überall im Wohnzimmer verstreut hatte. Außerdem waren

Kaugummi in den Türschlössern der Schule und in der gesamten Wohnung verteiltes Bohnerwachs zu nennen, um den Boden »zum Glänzen« zu bringen, mit einer Schere zerschnittene Kleider in einem Geschäft und aus einer Voliere befreite Vögel. Ganz zu schweigen vom Diebstahl von Lebensmitteln in einem Supermarkt, um sie armen Leuten zu schenken, oder dem Schriftzug *MÖRDER* am Fenster eines Waffenhändlers.

Die Liste seiner Dummheiten war sehr lang. Rose wusste, dass Gabriel intelligent war, doch seine ständige Rebellion ärgerte sie, weil sie Ordnung und Disziplin liebte. Zuneigungsbekundungen gehörten nicht unbedingt zu ihren Stärken, aber dafür war sie großartig, wenn es um intellektuelle Anregung, Spiele und Diskussionen aller Art ging. Sie musste lächeln, als sie sich daran erinnerte, dass sowohl Clélie als auch sie den Sommer über jeweils ein Kind zu Besuch hatten. Ein Kind, das beschäftigt, ernährt, geliebt und – in Gabriels Fall – auch diszipliniert werden musste.

Rose bestand darauf, dass ihr Enkel sich bei Colline entschuldigte. Nach vielen spitzfindigen Ausreden ging er seufzend darauf ein und klingelte bei Clélie. Colline öffnete die Tür.

»Hallo! Ich wollte mich für gestern Abend entschuldigen.«

Colline sah ihn schweigend an.

»Ich wollte dir nicht wehtun.«

Unter Collines Blick wurde ihm plötzlich unbehaglich.

»Warum bist du so gemein?«, fragte das Mädchen.

»Ich bin nicht gemein! Warum sagst du das?«

»Es kommt mir vor, als wolltest du einem immer ein bisschen wehtun.«

»Das ist nicht wahr. Ich verteidige mich doch nur.«

»Aber niemand greift dich an!«

»Hey, wach auf! Rennst du blind und taub durch die Welt?«

»Siehst du, du machst es schon wieder.«

»Rose hat gesagt, ich soll zu dir gehen und mich bei dir entschuldigen und …«

»Ach so. Also tust du es nur, weil du es musst?«

»Ja.«

Colline erwiderte nichts. Seine Direktheit erstaunte sie.

»Ich entschuldige mich, okay?«, sagte er.

»Okay«, wiederholte sie mechanisch.

Er sah sie an und fühlte sich plötzlich seltsam gerührt. Sie war so ganz anders als die Mädchen, die er aus der Schule kannte. »Wollen wir uns wieder vertragen?«, fragte er und streckte ihr die Hand hin.

»Wir vertragen uns wieder«, sagte sie und schlug ein.

21

Colline betrat den Garten hinter dem Haus und blieb vor dem Steinbrunnen stehen. Sie setzte sich auf die Umrandung und lauschte dem friedlichen Plätschern des Wassers. Lange betrachtete sie den Himmel, ehe sie sich im Garten umsah. Ein Mann kehrte ihr den Rücken zu. Er war dabei, einen kleinen Baum zu beschneiden.

»Guten Tag, Monsieur«, sagte Colline.

Er reagierte nicht.

»Guten Tag, Monsieur«, wiederholte sie etwas lauter.

Der Mann setzte seine Arbeit fort, ohne zu antworten.

Colline stand auf und ging auf ihn zu. »Monsieur? Guten Tag!«

Er bewegte sich nicht. Sie trat näher und tippte ihm auf die Schulter. Er erschrak und wandte sich zu ihr um. Doch sofort strahlten seine Augen sie warm an; er lächelte breit und wünschte ihr in Gebärdensprache ebenfalls einen guten Tag, indem er mit Daumen und Zeigefinger einen Ring formte und dann die Finger öffnete. Überrascht tat Colline es ihm nach. Diese Gebärde kannte sie schon von einer taubstummen Frau, die in der Bäckerei ihrer Mutter einkaufte.

»Guten Tag.«

Der Mann blickte sich um und zeigte auf die Sonne. Er hob eine Hand und öffnete sie mit den Fingern nach unten, als wären sie Sonnenstrahlen.

Colline verstand und wiederholte die Geste. »Sonne«, sagte sie.

Er machte eine weitere Gebärde und zeigte auf ein Blumenbeet.

Colline nickte. »Blumen.«

Er klatschte lächelnd in die Hände und zeigte auf den Baum, den er gerade beschnitt. Den rechten Arm stützte er mit gespreizten Fingern in die linke Hand und drehte ihn zweimal.

»Baum!«

Der Gärtner nannte ihr seinen Namen in Gebärdensprache und fragte sie nach ihrem Vornamen, aber Colline verstand ihn nicht. Er hob einen abgeschnittenen Zweig auf, zeigte auf sich selbst und schrieb *Hector* auf den Boden. Colline nahm den Zweig und malte ihren Namen in die Erde. Er berührte seine Stirn mit der Hand, um zu sagen: »Sehr erfreut.«

Colline machte es ihm nach und zeigte auf den Garten. Sie wollte ihn wissen lassen, wie schön dieser Ort seinetwegen war, dass der Garten ihr Zufluchtsort war und sie sich hier sehr wohlfühlte.

Der Gärtner schien ihre etwas ungeordneten Gesten zu verstehen. Er berührte sein Kinn mit der geschlossenen Hand und entfernte sie geöffnet, was »Danke« bedeutete.

Dann zeigte er ihr, wie man einen Strauch schnitt, Unkraut jätete, Blumen goss und den Boden lockerte. Colline sah ihm aufmerksam zu. Seine Geduld und Freundlichkeit machten sie froh, und sie merkte kaum, wie die Zeit verging. Die Gebärdensprache faszinierte sie.

Ihrer Meinung nach waren die Dinge, die Hector mit den Händen sagte, viel interessanter als das, was manche Leute mit dem Mund redeten. Hectors Sprache war die des Herzens und so ausdrucksstark, dass Colline beinahe alles verstand. Sie ertappte sich dabei, selbst Gebärden zu machen, indem sie seinen Rhythmus nachahmte. Hector schien sie zu verstehen und ermutigte sie mit den Augen. Colline erfand eine Mischsprache, die sie beide zum Lachen brachte.

Je weiter der Nachmittag fortschritt, desto sicherer wusste Colline, dass sie unbedingt diese fabelhafte Sprache erlernen wollte, die sie gerade erst entdeckt hatte.

22

Am nächsten Morgen besuchte Colline Théodore in seiner Wohnung zu ihrer »Lektion in Empfindsamkeit«. Aufmerksam und freudig war sie seinen Anweisungen gefolgt und hatte das Gelernte nach und nach in ihren Alltag übernommen.

Sie setzte sich auf ihr Zafu und lauschte Théodores Erklärungen.

»Zunächst einmal sammelst du jeden Schmerz, den du in deinem Herzen findest, formst daraus eine schwarze Kugel und nimmst sie in die Hände.«

Colline fand in ihrem Herzen die Scheidung ihrer Eltern, ihren immer abwesenden Papa, ihre Probleme mit dem Essen und den Kummer aller Menschen, die auf der Erde litten.

»Wenn deine schwarze Kugel ganz fest ist, wirfst du sie weit von dir weg ins Universum.«

Colline konzentrierte sich. Die schwarze Kugel wog sehr schwer, und das Mädchen wollte sie unbedingt loswerden. Nachdem Colline den Ballast in die Unendlichkeit geworfen hatte, fühlte sie sich plötzlich viel leichter.

»Und jetzt entspannen wir uns. Schließ deine Augen. Deine

Zehen werden schwer … Deine Füße werden schwer … Deine Waden werden schwer … Deine Knie … Deine Oberschenkel … Jeder Körperteil entspannt sich.«

Auf diese Art ging es weiter. Théodore erwähnte jeden Teil ihres Körpers und vergaß nicht einmal die Haarwurzeln. Colline bemühte sich, jedes ihrer Gliedmaßen bewusst wahrzunehmen, wie der alte Mann es sie gelehrt hatte.

»Leg deine Hände auf den Bauch. Er hebt und senkt sich in einem gleichmäßigen, beruhigenden Rhythmus …«

Colline fühlte sich von ihrem Atem gewiegt. Es war wie eine innere Dünung, ein regelmäßiges, ruhiges Meer. Sie erreichte einen Zustand, den sie noch nicht kannte. Es war, als näherte sie sich einem neuen Ufer.

Théodore wartete kurz ab, ehe er dem Mädchen eine aktive Visualisierung anbot – eine Sonnenmeditation. Colline nahm glücklich an. Aufrecht saß sie auf ihrem Zafu und wartete auf die Anweisungen.

»Reibe die Hände aneinander und spüre, wie es warm wird. Jetzt hältst du eine kleine Sonne in den Händen. Verteile die Wärme mit den Fingern über deinen ganzen Körper.«

Colline folgte ihm mit geschlossenen Augen.

»Jetzt visualisiere diese kleine Sonne und stell dir vor, sie breitet sich überall in dir aus. Ihr warmes goldenes Licht erhellt dein ganzes Wesen.«

Colline war entzückt. Sie liebte solche Visualisierungsübungen, die ihr immer leichtfielen.

»Und jetzt kehren wir ruhig und gelöst in die Realität zurück, ins Hier und Jetzt. Die Sonne behalten wir in unseren Herzen.«

Colline öffnete die Augen. Sie fühlte sich unglaublich wohl. »Oh, ich wünschte, es würde nie aufhören!«

»Was meinst du?«

»Was ich da gerade fühle.«

»Bald kannst du dieses Wohlbefinden immer dann hervorrufen, wenn du es brauchst. Das ist es, was wir gerade lernen.«

»Glaubst du wirklich, dass es mir eines Tages gelingt, keine Schmerzen mehr zu haben?«

Théodore nahm sich Zeit zum Nachdenken. »Eines Tages wirst du in der Lage sein, die Intensität deiner Schmerzen zu kontrollieren. Damit verändert sich alles. Man kann den Schmerz nicht unbedingt vermeiden, aber man muss lernen, ihm die Stirn zu bieten und ihn auszuhalten.«

Colline überlegte. »Wie Sportler?«

»Ganz richtig. Indem man seiner Seele Muskeln antrainiert.«

Eine muskulöse Seele zu haben, dieses Bild gefiel Colline. Schweigend beobachtete sie den alten Mann. »Bist du gläubig?«, fragte sie ihn schließlich.

Théodore dachte einen Moment nach. »Sagen wir, ich glaube an das Leben.«

»Aber hast du auch eine Religion?«

»Ich fühle mich dem Sufismus nahe.«

Colline riss erstaunt die Augen auf. »Was ist denn das?«

»Eine mystische Tradition, die aus dem Islam kommt.«

»Was bedeutet ›mystisch‹?«

»Dabei geht es um Mysterien, um verborgene, geheime Dinge«, antwortete der alte Mann.

Colline war fasziniert. »Und wo hast du den Sufismus kennengelernt?«

»Ein Meister hat mich damit vertraut gemacht.«

»Und was machen die ›Sufisten‹?«

»Man nennt sie Sufi. Um es einfach auszudrücken: Sie entwickeln sich spirituell. Sie arbeiten an sich selbst.«

»Und das ist alles?«

Théodore sah sie amüsiert an. »Das ist eine Arbeit, die ein Leben lang andauert. Vielleicht sogar noch länger! Vielleicht hast du schon einmal eine ihrer Übungen gesehen, den Tanz der Derwische.«

Colline schüttelte den Kopf.

»Sie drehen sich um sich selbst.«

»Warum?«

»Durch die ständige Drehung verlagern sie ihr Bewusstsein und nähern sich dem Schöpfer.«

Das kleine Mädchen krauste nachdenklich die Stirn. »Dann ist die Erde auch ein Sufi.«

»Wie kommst du darauf?«

»Weil sie sich dreht und dreht …«

Théodore lächelte gerührt. Er liebte dieses Kind und spürte, dass er eine Mission hatte: das, was er sein ganzes Leben lang gelernt hatte, an diese junge Seele weiterzugeben, die auf der Suche nach einem Sinn war.

23

An jenem Morgen nahm Clélie das Mädchen mit an einen Ort, den sie besonders liebte. In der Kaffeerösterei Brûlerie des Ternes gab es den besten Kaffee von ganz Paris zu kaufen. Das Ladenlokal befand sich in der Rue Poncelet, einer belebten Straße im Viertel Les Ternes, und wurde von Laurent geführt. Er röstete den Kaffee noch auf die althergebrachte Art und Weise und legte, wie er sagte, »sein Herz in die Maschine«, um seine Kunden zufriedenzustellen, aus denen mit der Zeit oft Freunde wurden. Clélie schätzte ihn sehr. Laurent liebte den Senegal im Allgemeinen und die Region Sine Saloum im Besonderen, denn dort hatte er jahrelang gelebt. Wenn er von Afrika erzählte, konnte Clélie die Düfte riechen, die Farben sehen und die Geräusche des Alltags hören … Vor allem aber wusste Laurent wie kein Zweiter, wie man Menschlichkeit in seine Arbeit integrierte, und das machte seine Rösterei zu etwas ganz Besonderem.

Bei ihm kaufte Clélie immer ihre Lieblingsmischung: hundertfünfzig Gramm Fortissimo, einen Kaffee mit viel Koffein, und dreihundertfünfzig Gramm Oriental, der besonders geschmacksintensiv war. Die Mischung aus beiden Sorten ergab einen Kaffee voller kräftiger Aromen, der viel wirksamer war als Vitamin C.

Früher blieb der Kaffee länger in der Maschine, wurde dabei schwarz und bekam einen rauchigen Duft. Heute wurde er weniger stark geröstet und war von besserer Qualität. Der Röstprozess schenkte den Bohnen eine schöne Farbe, die an eine Mönchskutte erinnerte.

Als sie sich der Rösterei näherten, bemerkte Colline als Erstes den intensiven Kaffeeduft. Er verströmte sich kraftvoll in der ganzen Straße. Als sie den Laden betraten, blieb das Mädchen vor einer seltsamen Maschine stehen, die einen ziemlichen Lärm machte.

Laurent kannte die Faszination, die seine Röstmaschine bei Kindern hervorrief. Er erklärte Colline, dass es sich um einen Ofen mit Trommel handelte, in der der Kaffee geröstet wurde, um seine Aromen zu verstärken.

»Wie Popcorn aus Kaffee?«, fragte Colline.

»So in der Art!«

Das Mädchen sah sich um. Große Jutesäcke mit Kaffeebohnen standen an den Wänden, sorgfältig angeordnet und mit Etiketten versehen, die den Namen und die Herkunft der Kaffeebohnen angaben.

Colline hatte Kaffee noch nie anders als in einer Tasse gesehen, und das gebotene Schauspiel überraschte sie. Sie bombardierte Laurent mit Fragen.

Er zeigte ihr die Produktionsgebiete auf einer Karte: Mittelamerika, Südamerika, Zentralafrika, Äthiopien, Jemen, Indien, Madagaskar, China, Indonesien, Java, Australien.

Das Mädchen stellte sich vor, in jedes dieser Länder zu reisen, und erschauerte wohlig.

»Kaffee braucht Höhe, Schatten und Feuchtigkeit. Nach der Pflanzung dauert es vier Jahre, bis die ersten Trauben entstehen.

Die Früchte sehen aus wie Kirschen. Unreif sind sie grün, mit der Reife werden sie dunkelrot.«

Kaffeekirschen, darüber musste Colline lächeln. Sie saugte Laurents Worte auf wie ein Schwamm. »Und wie geht es weiter?«

»Dann kommt der Zeitpunkt der Ernte. Entweder macht man es per ›Picking‹ – dabei pflückt man jede Kirsche einzeln – oder per ›Stripping‹. Dabei wird die ganze Traube gepflückt, und das Sortieren erfolgt später. Die Kirschen enthalten die kostbaren Kaffeebohnen.«

Je genauer Laurent den Prozess von der Kaffeebohne bis zur Tasse Kaffee erklärte, desto hingerissener lauschte ihm Colline.

»Und was dann?«, fragte sie.

»Sobald die Kirschen geerntet sind, werden sie von den Kleinproduzenten zu einer Genossenschaft gebracht, oft zu einem Exporteur, der sie weltweit verkauft. Siehst du die Säcke dort, von denen jeder sechzig Kilo wiegt? Nun, sie werden von Männern auf dem Rücken getragen.«

Colline staunte.

»Schau dir mal an, wie die Kaffeebohnen aussehen, wenn sie mir geliefert werden.« Die Bohnen, die Laurent ihr zeigte, waren bläulich grün.

»Aber wie werden sie schwarz?«

»Dank meiner magischen Maschine! Das nennt man Rösten.«

Das Mädchen wiederholte: »Rösten.«

»Die Maschine röstet die Kaffeebohnen, damit sie diese schöne dunkle Farbe annehmen.«

»Und dann trinken wir sie?«

»Nicht sofort. Gerösteter Kaffee muss noch zwei bis acht Tage abkühlen.«

»Bestimmt denken viele Leute, dass Kaffee schon flüssig in einer Tasse gepflückt wird«, sagte Colline.

Clélie und Laurent mussten lachen.

»Auf jeden Fall haben die Kaffeebohnen viel Mut, den langen Weg bis zu uns zu kommen!«, fügte das Mädchen hinzu.

Sie bestand darauf, einen Schluck Kaffee zu probieren. Laurent wählte den bei Kennern sehr beliebten Mokka Harrar. Colline roch zunächst daran, dann nippte sie vorsichtig an der Tasse. Sie fand ihn zwar gut, bevorzugte aber nach wie vor heiße Schokolade.

Clélie und sie blieben lange Zeit bei Laurent und sprachen über Kaffee, Afrika, die Kunden und das Leben … Colline betrachtete Laurents wunderschöne blaue Augen, während er angeregt sprach. Zwar hatte sie ihn gerade erst kennengelernt, doch sie mochte ihn schon sehr.

Und wieder eine kleine Sonne!, dachte sie.

24

Marc Grandjean und seine Frau Lou kehrten aus dem Baskenland zurück. Sie hatten dort den ganzen Monat Juli verbracht und wollten nun bald in die Normandie weiterreisen, wo sie ein Haus besaßen. Sie hatten Clélie und Colline zu einem Drink eingeladen.

Pünktlich um neunzehn Uhr dreißig klingelten die beiden bei den Grandjeans. Marc öffnete ihnen mit einem breiten Lächeln die Tür.

Das kleine Mädchen war überrascht, wie sehr sich die Wohnung von Clélies unterschied. Die Farbe Beige herrschte vor, und alles war sehr ordentlich aufgeräumt. Der Stil war modern und funktionell. Lou, eine Tanzlehrerin, begrüßte sie herzlich. Das Kind beobachtete sie heimlich. Sie war groß und sehr schlank, hatte langes, dunkles Haar und bewegte sich anmutig durch den Raum. Marc hingegen entsprach genau Collines Vorstellung von einem Wirtschaftswissenschaftler, nachdem Rose ihr lang und breit erklärt hatte, was das war. Er trug einen dunklen Anzug, der sie an die Anzüge ihres Vaters erinnerte, und sehr sorgfältig gepflegte Schuhe. Enttäuscht musste Colline zur Kenntnis nehmen, dass die Kinder der beiden, Timothé und Aglaë, bereits bei Lous Eltern in der Normandie waren.

Das Gespräch wandte sich schnell politischen Themen zu. Colline hörte aufmerksam zu, auch wenn sie nicht alles verstand, und lehnte mit einem Lächeln die Knabbereien ab, die Lou ihr freundlich anbot.

»Mehr als drei Millionen Arbeitslose in Frankreich – das ist eine Katastrophe!«, sagte Marc gerade.

Colline dachte an den Mann, der auf der Place des Ternes bettelte. Er kam sehr früh morgens und ging am Abend mit seinem Beutel in der Hand. Sie fragte, ob auch er »arbeitslos« sei.

»Ja, und obendrein ist er auch noch obdachlos. Ein doppeltes Problem. Er hat keine Arbeit und kein Zuhause«, antwortete Marc Grandjean.

»Warum?«, wollte Colline wissen.

»Weil er keine Arbeit hat, kann er keine Miete zahlen und muss daher auf der Straße leben.«

»Aber warum hat er keine Arbeit?«, insistierte das Mädchen. »Ist es wie in der Schule?«

»Was meinst du damit?«

»Wenn man in der Schule Dummheiten macht, wird man bestraft.«

»Nein, das hat nichts miteinander zu tun. Die Arbeitslosen haben keine Dummheiten gemacht. Es ist nur so, dass es in unserer Gesellschaft nicht für alle Menschen Arbeit gibt.«

»Aber warum denn nicht?«, fragte Colline.

Marc und Clélie sahen einander ernst an. Wie konnte man einem neunjährigen Mädchen die wirtschaftliche Situation erklären?

»Weil wir viele Fehler gemacht haben und der Reichtum ungerecht verteilt ist. Einige haben viel Geld, andere gar keins.«

Colline runzelte die Stirn. »Warum hat denn nicht jeder Geld, wenn es so wichtig ist?«

»Das ist eine sehr gute Frage«, antwortete Marc. »Einige Leute verdienen eine Menge Geld und machen immer so weiter, während es anderen schwerfällt, Schritt zu halten. Stell dir einmal vor, du hättest eine Möglichkeit, sehr viele Spielsachen zu bekommen. Andere kleine Mädchen aber haben vielleicht gar nichts zum Spielen. Du könntest über eine Organisation für gerechte Verteilung nachdenken, über die jeder ein oder mehrere Spielzeuge bekommen kann. Doch es könnte dir auch egal sein.«

»Aber wenn ich so viel Spielzeug hätte, warum sollte ich es dann nicht teilen?«

»Weil es dir vielleicht lieber wäre, alles für dich zu behalten.«

»Und wenn ich so viele Spielsachen habe, erkenne ich den Unterschied vielleicht nicht mehr, oder? Mit Geld ist es vermutlich genauso: Denen, die sowieso viel davon haben, wird es nie ausgehen, richtig?«

»Nur, dass sie häufig immer mehr wollen, denn Geld verleiht ihnen Macht.«

»Was für eine Macht?«

»Die Macht, Dinge zu besitzen, zu reisen, anderen Anweisungen zu erteilen, zu befehlen.«

»Und so bleibt es in der Welt für immer?«

»Nicht unbedingt. Ehrlich gesagt zählen wir auf deine Generation, dass sie etwas bewegt!«, antwortete Lou lächelnd.

»Wie kann man solche Dinge ändern?«

»Das ist die große Frage«, sagte Marc. »Da gehen die Meinungen weit auseinander.«

»Ich habe noch nicht verstanden, warum nur Geld Macht verleiht. Warum geht es nicht zum Beispiel mit Freundlichkeit und anderen schönen Dingen?«

Lou nickte. »Du hast absolut recht, Colline.«

»Aber warum ist es dann nicht so?«, fragte das Mädchen.

»Weil wir zu dumm dazu sind«, meinte Clélie. »Wären die Kinder an der Macht, wäre vieles besser!«

Dutzende Fragen wirbelten Colline durch den Kopf. Sie musste diese seltsame Welt verstehen, von der sie die meiste Zeit gar nichts mitbekam. Später würde Colline in Ruhe über dieses Gespräch nachdenken. Sie würde die Fragen und Antworten noch einmal durchgehen. So machte sie es immer. Wenn sie im Kopf nicht alles akribisch ordnete, wie Théodore es ihr gezeigt hatte, wurde sie von Angst überwältigt.

Es war bereits neun Uhr, und Colline wurde müde. Sie kuschelte sich an Clélie, die sie in die Arme nahm. Gewiegt von den Stimmen der Erwachsenen, döste das Mädchen sanft vor sich hin. Es fühlte sich geborgen und schlief ein.

Als Marc sie die Treppe hinauftrug und sie in ihr Bett legte, öffnete Colline nur kurz die Augen. Das Letzte, was sie sah, ehe sie tief einschlief, war Clélies Lächeln. Eine kleine Sonne, die ihre Nacht erhellte.

25

Am darauffolgenden Montag ging Colline in die fünfte Etage, um ihre dritte Gesangsstunde bei Clothilde Legrand zu nehmen.

»Heute widmen wir uns deinem Ohr.«

Das Mädchen fragte sich, welche Übungen ihre Ohren wohl machen könnten.

Die junge Frau schlug einen Ton auf dem Klavier an und bat Colline, ihn zu singen.

»Aaaaaaa«, sang die Kleine.

Die Sängerin schlug einen etwas tieferen Ton an, dann einen etwas höheren.

»Bravo, Colline! Weiter im Text!« Die Lehrerin spielte zunächst drei weitere Töne, dann fünf. *C, D, E, F, G, A, H, C.*

»Gut gemacht!«, rief Clothilde begeistert. »Und jetzt singst du die Vokale. Du sprichst jeden einzelnen ganz deutlich aus und artikulierst ihn gut. Ich zeige dir, wie es geht.« Sie öffnete den Mund weit für das A, straffte ihn für das E, lächelte für das I, bildete ein hübsches Rund für das O und beendete die Übung mit dem U.

Nachdem Colline es der Sängerin gleichgemacht und ihre

Stimme aufgewärmt hatte, fragte Clothilde, ob sie an dem Lied gearbeitet habe, das die Lehrerin für sie ausgesucht hatte. Es war ein Text von Jean Ferrat. Mit dem Textblatt in der Hand konzentrierte Colline sich, stellte sich sehr gerade hin und sang mit klarer Stimme:

»Der Wind in deinem blonden Haar,
Die Sonne am Horizont,
Einige Worte eines Liedes.
Wie schön ist doch das Leben, wie schön.

Ein Vogel, der ein Rad schlägt
Auf einem schon herbstroten Baum
Und sein Ruf über alledem.
Wie schön ist doch das Leben, wie schön ...«

Colline blieb während der gesamten Lektion konzentriert. Sie sang gern, und Clothilde beglückwünschte sie mehrmals. Als sie später die Treppe zu Clélies Wohnung hinunterging, summte sie noch immer: »Wie schön ist doch das Leben, wie schön ...«

26

Es war bereits Mitte August und ein wunderschöner Tag. Colline hatte ihr schönstes Kleid angezogen, das blaue mit den bunten Schmetterlingen. Es war über der Brust gekräuselt und hatte hübsche, leicht gebauschte Ärmel. Clélie hatte ihr einen Zopf geflochten, aus dem sich bezaubernde Löckchen stahlen.

»Bist du bereit?«, fragte Clélie.

»Ja!« Colline setzte sich auf die Couch und wartete geduldig. Eine Viertelstunde verging, dann eine halbe Stunde. Ihre Vorfreude fiel mehr und mehr in sich zusammen, und das Mädchen wurde immer trauriger. Clélie hingegen empfand eine wachsende Wut, die sie nur schwer unterdrücken konnte. Nach einer Dreiviertelstunde ertönte endlich der Klingelton der Sprechanlage.

Colline sprang auf, um zu öffnen. »Das muss er sein!«, rief sie aufgeregt.

Clélie lächelte. Sie war der gleichen Meinung. Das Mädchen stand bereits auf dem Treppenabsatz und lauschte mit klopfendem Herzen dem Aufzug, der zu ihnen in den vierten Stock fuhr. Die Tür öffnete sich, und ihr Vater trat heraus. Colline warf sich in seine Arme. Er umarmte sie ein wenig linkisch und richtete sich schnell wieder auf. Bei Gefühlsausbrüchen wurde ihm immer schnell unbehaglich.

Er betrat die Wohnung und begrüßte Clélie, ohne sich für seine Verspätung zu entschuldigen. Clélie lächelte Colline zu und ließ die beiden allein.

»Erzähl mal, mein Schatz: Geht es dir gut?«

»Ja. Ich habe für dich und Mama ein Lied gelernt. Ich singe es dir mal vor.«

»Ich höre dir zu, Schätzchen.«

Colline stellte sich sehr gerade vor der Couch auf und schloss die Augen, um sich zu konzentrieren. Ihre klare Stimme erfüllte das Wohnzimmer.

»Zärtlichkeit
bedeutet, einander vielleicht nicht mehr zu lieben, aber glücklich zu sein,
sich wieder zu zweit zusammenzufinden,
für Augenblicke eine neue Welt zu schaffen,
ganz in Blau, mit Herzlichkeit in den Augen.
Zärtlichkeit, Zärtlichkeit, Zärtlichkeit …

Sie holte Luft, als ihr Vater sie unterbrach.

»Toll! Du hast eine wunderschöne Stimme, Liebes. Ich bin sehr stolz auf dich.« Er blickte kurz auf die Uhr. »Aber weißt du, ich kann leider nicht lange bleiben.«

»Du hast doch gesagt, wir gehen zusammen ins Restaurant zum Mittagessen!«

»Schon, Schätzchen, aber mein Zeitplan ist schon wieder über den Haufen geworfen worden. Mir ist ein Termin dazwischengekommen, und ich muss in spätestens einer halben Stunde gehen.«

Enttäuschung machte sich in Colline breit.

Hugues Delsol hielt seiner Tochter ein Päckchen hin. »Schau, was ich dir mitgebracht habe!«

Colline nahm das Geschenk ohne große Begeisterung und dankte ihm flüchtig.

»Mach es doch mal auf!«

Sie gehorchte. Er hatte ihr das neueste Smartphone mitgebracht. Trotzdem empfand Colline keine Freude und legte es zur Seite. Die beiden Handys ihres Vaters vibrierten, erst das eine, dann das andere. Man versuchte, ihn zu erreichen. Er redete weiter mit Colline, während er die Textnachrichten beantwortete, die er ununterbrochen erhielt.

»Fühlst du dich hier wohl?«, fragte er.

»Ja.«

»Hast du Spaß?«

»Ja.«

»Was macht ihr denn so?«

»Ach, verschiedene Sachen …«

Die lakonischen Antworten seiner Tochter ermüdeten ihn schnell, und ein bleischweres Schweigen breitete sich schließlich zwischen ihnen aus. Colline wollte gerade etwas sagen, als eines der Mobiltelefone ihres Vaters wieder zu vibrieren begann. Er nahm das Gespräch an, machte ihr ein Zeichen, still zu sein, und sie hörte ihn lange über »vertragliche Festlegungen« und »Lizenzrecht« sprechen. Irgendwann beendete er das Gespräch mit dem Hinweis, er sei in zehn Minuten im Büro. Colline blickte auf ihre hübsche rosafarbene Uhr. Er war nicht einmal eine Viertelstunde hier.

Hugues Delsol steckte seine beiden Handys in die Tasche. »Ich muss leider los, mein Schatz. Sei schön brav. Ich wünsche dir eine schöne Zeit bei Clélie.«

Colline antwortete nicht. Tränen traten in ihre Augen, aber ihr Vater bemerkte es offenbar nicht. Er drückte sie noch einmal kurz an sich und wandte sich dann zum Gehen.

Clélie betrat das Wohnzimmer, sah die weinende Colline, ihren Vater, der bereits im Aufbruch war, und konnte sich nicht länger zurückhalten. »Also ehrlich, Hugues, Sie wollen doch nicht etwa schon gehen?«

Er wirkte zerknirscht. »Leider muss es sein. Das Geschäft ruft.«

Clélie explodierte. »Sehen Sie denn nicht, dass Ihre Tochter weint? Macht es Ihnen gar nichts aus, ihr so den Tag zu verderben?«

Der Angriff überraschte ihn sichtlich. Er war es nicht gewohnt, dass man sein Verhalten kritisierte. »Sie haben keinerlei Recht, mir Vorhaltungen zu machen. Schließlich ist Colline nicht Ihre Tochter.«

»Mag sein, doch sie lebt auf dem gleichen Planeten wie ich, und ihr Wohlergehen liegt mir sehr am Herzen.«

»Aber ich bin ihr Vater.«

»Dann benehmen Sie sich auch wie einer!«

»Was soll das heißen?«, fragte er verwirrt.

Clélie war so wütend, dass sie herausplatzte: »Hugues, wir kennen uns seit Jahren und wissen beide, dass Sie noch nie für Ihre Kinder da waren.«

»Sie wagen es, über mich zu urteilen? Sie haben es ja nicht einmal fertiggebracht, selbst Kinder in die Welt zu setzen.«

Colline beobachtete die beiden wie gelähmt.

Clélie schluckte. »Stimmt, ich habe keine Kinder. Ich hätte alles dafür gegeben, eins zu bekommen, aber es war eben nicht möglich.«

Hugues Delsol fühlte sich immer unwohler. Die Zeit verrann. Seine Handys vibrierten beinahe ohne Unterlass. »Hören Sie,

Clélie, Sie mögen es mir vielleicht nicht glauben, doch ich tue, was ich kann. Und ich werde dringend erwartet. Ich muss jetzt wirklich los, denn ich habe einen sehr wichtigen Termin.«

Clélie fragte sich, was wichtiger sein könnte als ein in Tränen aufgelöstes neunjähriges Mädchen, aber der Geschäftsmann stand schon im Treppenhaus.

»Morgen muss ich noch einmal nach Japan. Ich weiß nicht, wo mir der Kopf steht.« Er winkte Colline zu.

»*Sayonara*«, murmelte sie. Sie kannte das Wort von Théodore.

»Viel Glück, Hugues«, sagte Clélie. Sie lehnte sich von innen an die geschlossene Tür, lauschte Hugues Delsols eiligen Schritten im Treppenhaus und dachte, dass ein Kind nicht von einem einzigen Vater abhängig sein sollte.

Clélie setzte sich neben Colline auf die Couch. Das Gesicht der Kleinen war nass vor Tränen. Sie atmete schwer, dann sackte sie ohnmächtig in sich zusammen. Colline kam erst wieder zu sich, als Clélie ihr mit einem kühlen, feuchten Tuch über das Gesicht strich.

»Ist er weg?«, fragte Colline mit piepsigem Stimmchen.

»Ja.«

»Es ist besser so, oder?« Ihre großen blauen Augen blickten traurig drein.

»Ich weiß nicht, ob es so besser ist. Aber so ist es nun mal.«

»Clélie?«

»Ja, mein Liebling?«

»Warum hat mein Papa mich nicht lieb?«

Eigentlich wollte sie Colline sagen, dass ihr Vater sie auf seine eigene Weise liebte, doch Clélie spürte, dass es nicht die Antwort war, die das kleine Mädchen jetzt brauchte. »Dein Vater denkt viel an seinen Job und arbeitet wie besessen an seinem Erfolg. Das hat aber nichts mit dir zu tun, sondern nur mit ihm selbst.«

»Glaubst du, dass er eines Tages gesund wird?«

»Es ist schwer, gesund zu werden, wenn man nicht weiß, dass man krank ist.«

»Ja, das verstehe ich ...« Colline schwieg eine Weile und drehte sich dann zu Clélie um. »Warum hattest du nie Kinder?«

»Ich konnte keine bekommen.«

»Warum nicht?«

Ein Schatten glitt über Clélies Gesicht. »Mein Körper wollte es nicht.«

»Warum?«

»Das ist eine lange Geschichte«, antwortete Clélie.

Colline schaute sie abwartend an, und Clélie hatte den seltsamen Eindruck, dass das Mädchen auf den Grund ihrer Seele blicken konnte.

»Es liegt an dem Menschen, der dir wehgetan hat, stimmt's?«

Clélie war überrascht von der Reife der Frage. »Ja«, antwortete sie.

»Du wolltest Kinder haben, oder?«

»Ja.«

»Dann ist es sehr traurig.« Colline dachte ein paar Sekunden nach. Plötzlich leuchtete ihr kleines Gesicht auf. »Tun wir doch einfach so, als wäre ich dein Kind, ja?«

»Das ist eine wunderbare Idee. Ich liebe dich sowieso, als wärst du meine Tochter.«

»Heißt das, ich habe jetzt zwei Mamas?«

»Sagen wir einfach, dass viele Herzen dich lieben.«

»Und wie viele Herzen lieben dich?«

»Ich weiß nicht, Schatz. Da sind zum Beispiel du, Rose, Teresa, Théodore ...«

»Kann man leben, ohne von jemandem geliebt zu werden?«

»Ich glaube nicht, nein.«

Colline schmiegte sich an Clélie, die ihr seidiges Haar streichelte. Dieses Mädchen berührte sie tief, ebenso wie dieses reine Gefühl, das aus den magischen Momenten geboren wird, in denen man alles empfängt, ohne darum gebeten zu haben.

27

Colline stürmte gerade die Treppe hinunter, als sie Monsieur Lefron entdeckte, den Nachbarn aus der zweiten Etage, der mit einer Einkaufstasche voller Lebensmittel mühsam die Stufen erklomm.

»Guten Tag«, begrüßte Colline ihn fröhlich.

Er antwortete nicht.

»Guten Tag«, wiederholte sie, weil sie dachte, er hätte sie nicht gehört.

Er ging weiter, ohne sie auch nur anzuschauen.

Sie trat zu ihm und streckte die Hand nach der Tasche des alten Mannes aus. »Ich kann Ihnen helfen, wenn Sie wollen. Mach ich gern.«

»Lass mich in Frieden«, knurrte er.

Colline staunte über seine Reaktion. »Stimmt es, dass Sie so unfreundlich sind, weil Ihre Frau tot ist?«, fragte sie ihn.

»Sprich mich nie wieder an, kleine Rotzgöre!«

»Clélie sagt, dass Ihr Herz vertrocknet ist. Ist das wahr?«

Lefron war sehr rot im Gesicht und schwitzte. Colline starrte ihn an, wie immer, wenn sie bei einem Menschen bestimmte

Dinge wahrnahm. »Sind Sie herzkrank?« Das Gesicht einer Nachbarin zu Hause, die ein krankes Herz hatte, war auch oft so stark gerötet.

»Meine Probleme gehen dich nichts an. Verschwinde!«

»Aber … ich wohne hier«, antwortete sie stolz.

»Darüber sollten wir reden! Seitdem du im Haus bist, herrscht hier ständig ein Heidenlärm. Andauernd trampelt jemand durchs Treppenhaus. Ohne dich war es hier deutlich friedlicher.«

»Das ist nicht wahr! Alle in diesem Haus mögen mich gern.«

»Ich nicht.« Er ging an ihr vorbei, schloss seine Wohnung auf und schlug die Tür hinter sich zu.

Colline lief zurück in ihr Zimmer und dachte ein paar Minuten nach. Dann nahm sie Clélies selbst gebackenen Erdbeerkuchen aus dem Kühlschrank, schnitt ein Stück ab und lief damit wieder die Treppe hinunter.

Auf Zehenspitzen huschte sie zu Monsieur Lefrons Tür, stellte den Kuchenteller auf die Fußmatte, klingelte und versteckte sich eine Etage höher im Treppenhaus. Neugierig spähte sie durch das Geländer nach unten. Wenige Augenblicke später öffnete Monsieur Lefron die Tür, sah den Kuchen, blickte nach rechts und links und nahm ihn nach kurzem Zögern an sich. Ein zufriedenes Lächeln erhellte Collines Gesicht, doch dann drehte sie sich plötzlich um. Gabriel stand hinter ihr und beobachtete sie.

»Was machst du da?«, fragte er.

»Ich zähme ihn«, antwortete sie geheimnisvoll.

»Den alten Griesgram Lefron?«

»Es ist nicht seine Schuld, dass er so unfreundlich ist. Er ist unglücklich.«

»Quatsch! Er ist nur gemein, sonst nichts.«

»Du verstehst aber auch gar nichts«, sagte sie.

»Ich verstehe jedenfalls, dass du immer Friede, Freude, Eierkuchen willst. Doch das ist nicht möglich.«

»Warum sollte es nicht möglich sein?«

»Mein Vater sagt, dass im Leben immer alles schiefgeht. So ist es nun mal, und wir können nichts dagegen tun.«

»Hm, nicht mit mir.«

»Nicht mit dir?«, wiederholte er verblüfft.

»Ganz genau.«

»Okay, wenn du meinst.«

»Ich geh dann mal.«

Gabriel hielt sie am Arm zurück. »Warte! Wo willst du denn hin?«

»Nach Hause zu Clélie. Ich habe etwas zu erledigen.«

»Kann ich mitkommen?«

Colline zögerte, aber Gabriel strich sich mit der Hand durchs Haar und lächelte sie an. Wieder fielen ihr die Grübchen in seinen Wangen auf. »Also gut, doch ich warne dich, und du darfst nicht lachen: Ich will eine Kiste für Träume bauen, die wahr werden sollen.«

»Eine *was?*«

»Du darfst mitmachen, wenn du willst. Jedes Mal, wenn wir einen Traum haben, schreiben wir ihn auf und stecken den Zettel in die Kiste. Dann werden die Träume wahr.«

»Wieso glaubst du, dass Träume wahr werden, wenn du sie in eine Schachtel steckst?«

Colline verlor ein wenig von ihrer Zuversicht. »Weil … es eine Zauberkiste ist!«

»Aber wer entscheidet, ob sie magisch ist?«

»Na, ich natürlich!« Sie nahm ihn mit in den vierten Stock. Sie waren allein, Clélie war nicht zu Hause.

»Hast du auch Träume?«, fragte Colline den Jungen.

»Nö. Ich träume nicht gern. Ich möchte Dinge vollbringen.«

Sie sah ihn mit großen Augen an. »Aber um sie zu vollbringen, musst du doch zuerst von ihnen träumen, oder?«

»Ich habe noch nie jemanden getroffen, der so viele Fragen stellt wie du.« Er zeigte mit dem Finger auf ihr Haar. »Sogar deine Haare sehen aus wie Fragezeichen. Sie stellen sich sicher auch eine Menge Fragen.«

In ihren Locken Fragezeichen zu entdecken, das war typisch Gabriel! Colline musste lachen. »Komm mit!«

Sie nahm Gabriel mit in ihr Zimmer, das sie selbst dekoriert hatte. Er blickte sich um. Bunte Zeichnungen, Engel, das große Plüschkaninchen …

»Aber das ist ja ein Zimmer für ein Baby!«

»Überhaupt nicht!«, verteidigte sich Colline. »Wie sieht denn deins aus?«

»Normal. Ohne diesen ganzen Mädchenkram.«

»Weil du keine Poesie hast, du Armer.« Seitdem sie das Wort »Poesie« zum ersten Mal von Rose gehört hatte, liebte sie es. Es klang so hübsch.

Er warf ihr einen verärgerten Seitenblick zu.

Colline holte eine Blechdose, farbiges Papier, Stifte, Glitzer, Kleber und Schere und deponierte alles auf einem Laken, das sie auf den Boden gelegt hatte. Sie setzten sich einander gegenüber. Colline klebte Buntpapier auf jede Seite der Dose, die sie dekorieren wollten.

»Wo wohnst du eigentlich, Gabriel?«

»In der Rue de la Convention Nummer fünfzehn.«

»Ich wohne im siebten Arrondissement. Wir können uns also wiedersehen«, sagte Colline.

»Hast du denn Lust, mich wiederzusehen?«, wollte er überrascht wissen.

»Natürlich! Du nicht?«

»Schon, aber …«

»Aber was?«

»Normalerweise will mich niemand unbedingt wiedersehen …«

»Tja, *ich* will es schon.«

Sie lächelte ihn lieb an, und er fühlte sich so bewegt, dass er schnell den Kopf senkte, damit sie es nicht bemerkte. Colline reichte ihm zwei Aufkleber, einen mit einem Engel und einen mit einem Marienkäfer, die er beide auf die Dose klebte. Es war das erste Mal, dass er so etwas machte, und es gefiel ihm so gut, dass er nicht bemerkte, wie die Zeit verging. Obwohl er es sonst nie fertigbrachte, sich lange auf eine Aufgabe zu konzentrieren, hätte er am liebsten noch zehn weitere Traumkisten mit Colline gebastelt.

Als die Kiste fertig war, schrieb jeder einen Traum auf. Colline steckte ihren Zettel in die Box. Gabriel zögerte noch.

»Schwörst du, dass du es nicht liest?«, fragte er.

»Ich verspreche es dir.«

»Denn sonst wird der Traum nicht wahr.«

»Großes Indianerehrenwort«, sagte sie und hob die rechte Hand.

Nun steckte auch Gabriel seinen Traum in die Kiste.

Colline schien mit den Gedanken plötzlich ganz woanders zu sein.

»Was ist?«, fragte der Junge.

»Ich beobachte die Zeit.«

Er runzelte verständnislos die Stirn.

»Ich sehe ihr zu, wie sie vergeht.«

»Du bist irgendwie komisch!«

»Musst du gerade sagen!« Sie schwieg eine Weile. »Es ist, als beobachtete ich eine Sanduhr, durch die die Zeit läuft … wie Sand eben. Vielleicht sind wir ja sogar der Sand«, fügte sie hinzu.

Sie dachte weiter darüber nach, bis Gabriel plötzlich laut auflachte. Er lachte, bis er nach Luft schnappen musste und Colline damit ansteckte.

Als Clélie nach Hause kam, waren die Kinder knallrot im Gesicht und japsten vor Lachen. Colline und Gabriel baten Clélie, sich zu ihnen zu setzen, und sie ließ sich nur allzu gern von der Freude und Ausgelassenheit der beiden mitreißen.

28

An einem Samstagnachmittag zog Colline stolz Clélies Einkaufstrolley hinter sich her. Sie betraten den Supermarkt an der Avenue des Ternes und nahmen die Rolltreppe. Im Tiefgeschoss war gerade ein Sushistand eingerichtet worden. Das Mädchen blieb lange Zeit stehen, um den japanischen Koch zu beobachten, der dort sein Können vorführte. Die Geschicklichkeit, mit der er den Fisch auf die Reisbällchen legte, faszinierte sie.

Schließlich folgte sie Clélie durch die Gänge. Obst, Gemüse, Reis, Tee und Zucker füllten den Wagen nach und nach. Jedes Mal wenn Clélie nach einem Lebensmittel griff, stellte Colline es sich in ihrem Körper vor, und sofort zog sich ihr Magen unangenehm zusammen. Trotz allem aß sie inzwischen etwas besser, auch wenn sie noch immer manche Dinge beim besten Willen nicht schlucken konnte. Vor allem Fettiges. Obst, Gemüse und Eier nahm sie hingegen in kleinen Mengen zu sich, und Clélie sorgte stets dafür, dass ihr Teller hübsch dekoriert war.

Sie gingen zu den automatischen Kassen, wo Colline die Einkäufe selbst einscannen wollte.

Als sich ihr Mobiltelefon meldete, entfernte Clélie sich ein paar Schritte, um zu telefonieren. Vor ihnen warteten drei Leute. Eine Frau in den Sechzigern wandte ihnen den Rücken zu. Die Kunden hinter ihr hatten es offenbar eilig und murrten, aber die Frau stand wie angewurzelt da und reagierte nicht. Der Unmut der anderen Leute wuchs.

Plötzlich wurde Colline klar, dass die Frau taubstumm war. Sie wirkte beunruhigt und stieß immer wieder raue Kehllaute aus. Aber niemand kümmerte sich um sie. Unfreundlich machten die wartenden Kunden sie auf eine Kasse aufmerksam, die schon vor mehreren Minuten frei geworden war.

Colline war schockiert. Sie sah zu, wie die Frau mit ihren Einkäufen in den Händen zu der freien Kasse ging, offenbar ohne zu wissen, wie sie sich verhalten sollte. Keiner der anderen Kunden kam ihr zu Hilfe. Sofort eilte Colline zu ihr und legte ihr die Hand auf den Arm. Die Frau blickte sie erschrocken an. Colline lächelte ihr zu und begrüßte sie in Gebärdensprache, wie der Gärtner Hector es sie gelehrt hatte. Dann scannte sie die Kundenkarte der Frau und ihre Einkäufe ein. Die Frau reichte ihr ihren Geldbeutel, Colline bezahlte, legte alles in eine Tasche und gab der Frau den Kassenzettel. Bevor die Frau sich zum Gehen wandte, bedankte sie sich mit leuchtendem Gesicht in Gebärdensprache. In ihren Augen lag so viel Dankbarkeit, dass Colline überwältigt war. Gerührt bedankte sie sich ebenfalls. Sie sah der Frau nach und wandte sich zu den Supermarktkunden um, die sich jedoch nur um sich selbst kümmerten. Keiner von ihnen hatte auch nur einen Funken Mitgefühl oder Menschlichkeit gezeigt. Colline senkte den Kopf.

Clélie hatte ihr Telefonat inzwischen beendet und kam zur Kasse. Als sie wissen wollte, warum Colline so traurig war, bat das Kind sie nur, sehr schnell wieder nach Hause zu gehen.

Kaum hatte sich die Wohnungstür hinter ihnen geschlossen, als das kleine Mädchen verzweifelt zu schluchzen begann.

Clélie nahm Colline in die Arme. »Was ist los, mein Engel?«

Colline berichtete unter Tränen, was passiert war. »… und niemand, *niemand* hat ihr geholfen! Sie stand ganz allein da, und alle haben geschwiegen oder gemeckert. Ich halte das nicht aus! Ich kann es einfach nicht verstehen.« Sie weinte laut auf.

Clélie befürchtete, dass die Kleine wieder in Ohnmacht fallen könnte, und geriet in leise Panik. »Warte, Colline, ich hole Théodore. Ich bin gleich zurück.« Sie lief hinaus und klingelte an der Tür des alten Mannes, dem sie hastig die Situation erklärte. Er begleitete sie in ihre Wohnung.

Clélie und er setzten sich neben die Couch, auf der das kleine Mädchen lag. Mit leiser Stimme redete Théodore auf Colline ein, deren Tränen allmählich versiegten. Die Traurigkeit allerdings lastete noch immer auf ihr.

»Weißt du was? Wir entspannen uns jetzt einfach ein wenig. Magst du?«

Sie betrachtete ihn mit verlorenem Blick und wartete auf seine Anweisungen.

»Leg die Hände auf deine Rippen … Atme ein, atme aus … Spüre deinen Atem … Deine Gedanken sind schwarze Wolken … Schau, wie sie weiterziehen und vom Himmel verschwinden, der langsam immer blauer wird … Der Knoten, den du in deinem Bauch spürst, löst sich nach und nach auf …«

Aufmerksam befolgte Colline Théodores Anweisungen.

Mit leiser Stimme fuhr er fort: »Jetzt stell dir diese Frau noch einmal vor. Wie hat sie reagiert, als du ihr geholfen hast?«

Das Mädchen dachte einen Moment nach. »Sie hat sich gefreut. Erst hat sie sich beruhigt, und später hat sie sogar gelächelt. Zum Schluss sagte sie mir in Gebärdensprache Danke.«

»Sind die Erinnerungen an ihr Lächeln und ihren Dank schöne Erinnerungen?«, fragte Théodore.

»Oh ja!«

»Dann hast du das Ziel erreicht!«

Sie blickte ihn verständnislos an.

»Du hast gerade etwas Unschönes erlebt. Den Leuten im Supermarkt mangelte es an Mitgefühl. Und um dagegen vorzugehen, hast du das einzig Sinnvolle getan: Du hast Mitmenschlichkeit gezeigt. Trotz dieser traurigen und gewissermaßen grausamen Situation hast du einen Funken im Dunkeln aufleuchten lassen. Wenn du dich nur auf die Unmenschlichkeit der anderen Leute konzentrierst, wirst du immer traurig bleiben. Wenn du dich aber auf die Frau konzentrierst, der du geholfen hast, und auf die Erleichterung und Dankbarkeit, die sie deinetwegen empfand, kehrt dein innerer Frieden zurück.«

Colline hörte ihm aufmerksam zu.

»Konzentriere dich auf das Lächeln dieser Frau und ihren Dank …«

Colline durchlebte die Momente in Gedanken noch einmal. Alles, was ihr an den Ereignissen missfallen hatte, verschwand. Nur das Licht in den Augen der Frau, ihr Lächeln und ihr Dank blieben in ihr. Mit einem Mal wurde Colline ganz ruhig. Sie stand auf, nahm Clélie und Théodore an den Händen und bat sie, sie ganz fest in die Arme zu nehmen.

Als Colline im Bett lag und eingeschlafen war, brachte Clélie dem alten Mann eine selbst gemachte Limonade ins Wohnzimmer.

Théodore wirkte ein wenig beunruhigt. »Sie sind müde, Clélie.«

Sie sah ihn an. Sein ausdrucksstarkes Gesicht war von tiefen

Furchen durchzogen, die das Wasser des Lebens gegraben hatte. Der Blick seiner durchdringenden Augen ruhte mit einer solchen Güte auf ihr, dass sie plötzlich die Macht der Tränen spürte, die zu weinen sie sich schon so lange verbot. Eine stahl sich nun jedoch hervor und kullerte langsam über ihre rechte Wange.

Théodore betrachtete sie weiter, als könnte er tief in ihr Inneres sehen. Sie verspürte den Drang, zurückzuweichen und ihre Geheimnisse vor ihm zu verbergen.

»Sie müssen sich ausruhen«, meinte Théodore besorgt.

»Vermutlich haben Sie recht. Aber …«

»Aber was?«

»Wie soll ich mich ausruhen, wenn die Welt, die wir geschaffen haben, so furchtbar grausam und kalt ist, dass eine Neunjährige sie verlassen will?«

Schmerz legte sich über die Gesichtszüge des alten Mannes. »Das verstehe ich. Doch ich habe den Eindruck, dass es noch etwas anderes gibt … einen alten Schmerz … Ich möchte mich an das kleine Mädchen wenden, das noch immer in Ihnen wohnt.«

Clélie wurde von einem unkontrollierbaren Gefühl überwältigt. Sie suchte nach etwas, das sie sagen könnte – etwas, das es ihr erlaubte, Théodores Blick zu entfliehen.

»Wir müssen nicht darüber reden«, erklärte er. »Ich habe Ihnen lediglich gesagt, was ich empfinde. Bitte verzeihen Sie mir.«

»Nein, ich … Es ist nur …« Sie konnte den Satz nicht vollenden.

»Ich verstehe, dass es schwierig ist«, fuhr Théodore fort. »Und ich will mich auf keinen Fall aufdrängen.«

»Das tun Sie nicht, ganz bestimmt nicht.«

Sie schwiegen beide.

Clélie hätte das Schweigen gern gebrochen, aber wieder sah sie sich nicht dazu in der Lage. Ein mächtiges Gefühl erhob sich in ihr wie eine Flut und bedrohte die Deiche, die sie schon vor Jahren errichtet hatte. Obwohl sie davor zurückschreckte, fühlte sie sich durch Théodores Blick beruhigt. Die alte Wunde, die sie ihr ganzes Leben lang zu ignorieren versucht hatte, brach von Neuem auf. Aus Angst, den Boden unter den Füßen zu verlieren, schloss sie die Augen, öffnete sie jedoch hastig wieder.

Plötzlich spürte sie, wie Théodore seine mächtige Hand auf ihre legte.

»Alles ist gut«, flüsterte er.

Die wenigen Worte beruhigten das, was in ihr loderte. Es war schon so lange her. Damals war sie noch ein Kind gewesen.

Clélie sagte einen banalen Satz, der irgendwie falsch klang. Théodore spürte es ganz sicher auch, aber sie war ihm dankbar für seine schelmische Reaktion und die elegante Art, mit der er sich wenig später verabschiedete.

Nachdem sie wieder allein war, schlich sie auf Zehenspitzen zu Collines Zimmer. Das Mädchen schlief Wange an Wange mit dem Plüschkaninchen. Die Schönheit und Reinheit dieses Anblicks bewegte Clélie tief.

Wie sollte man Kinder vor dem Bösen beschützen? Ist man überhaupt fähig dazu, wenn das Böse in jedem Menschen wohnt? Musste man es mit offenen Augen selbst durchlebt haben, um dagegen ankämpfen zu können?

In diesem Moment fühlte sich Clélie angesichts dieses sensiblen Kindes, das den Sinn des Lebens so intensiv hinterfragte, zerbrechlicher denn je, allein und müde. »Wenn es Fragen gibt, dann nur, weil es auch Antworten gibt, die dazu passen«, pflegte Rose zu sagen. Hatte sie recht, oder waren die Menschen dazu verdammt, den Blick zu einem stummen Himmel zu erheben?

29

Am Montag, den siebzehnten August, läutete Rose um elf Uhr dreißig in heller Aufregung an Clélies Tür. Ihr unter normalen Umständen immer hübsch frisiertes, mittellanges Haar war wirr, und sie schien unter Schock zu stehen. Besorgt drängte Clélie sie, sich erst einmal zu setzen und eine Tasse Tee zu trinken.

»Es geht um Gabriel …«, stieß Rose zwischen zwei Schlucken hervor.

Durch den Lärm alarmiert, stürzte Colline ins Wohnzimmer, bekam das Ende des Satzes aber nicht mit, so aufgeregt war sie. Die beiden Frauen wirkten aufgelöst. »Was? Was ist mit Gabriel?«, fragte sie.

Clélie beugte sich zu dem Mädchen hinunter. »Schätzchen, er hatte ein Problem …«

Collines Herz begann heftig zu pochen. Ihre Augen waren weit aufgerissen, und sie atmete schwer. »Nein! Ich will nicht, dass er tot ist! Ich will nicht!«, rief sie immer wieder.

»Er ist nicht tot, mein Engel«, versuchte Clélie, sie zu beruhigen.

Aber Colline war nach wie vor schockiert und weinte. Clélie verfluchte ihre Ungeschicklichkeit.

»Gabriel wurde auf der Straße verprügelt, und man hat ihm sein neues Tablet gestohlen. Ich habe seine Mutter immer wieder gewarnt, dass es Irrsinn ist, ihm in seinem Alter so etwas zu schenken, aber sie gibt ihm in allem nach. Jetzt ist er zur Beobachtung im Krankenhaus.«

»Im Krankenhaus?«, wiederholte Colline.

Eine unbeschreibliche Angst ergriff sie. Der Mensch, den sie zuletzt im Krankenhaus erlebt hatte, war ihr Großvater gewesen – und er war nie zurückgekommen. Wieder einmal überraschte die Intensität ihrer Reaktion Clélie, die kaum wusste, wie sie Colline beschwichtigen sollte. Sie nahm das Mädchen in die Arme. Die Kleine zitterte wie Espenlaub und brauchte lange, bis sie sich beruhigte.

Rose hingegen hatte sich nach dem Tee etwas erholt. »Liebste Freundinnen, ich fahre jetzt ins Krankenhaus.«

»Darf ich mitkommen?«, bat Colline.

»Dazu ist es noch etwas zu früh. Aber ich rufe euch an und berichte, wie es ihm geht.«

»Versprochen?«

»Hoch und heilig«, antwortete Rose.

Sie wechselte noch ein paar Worte mit Clélie, dann ging sie. Die Stimmung in der Wohnung blieb gedrückt. Den Rest des Tages verbrachten sie mit Warten.

Gegen siebzehn Uhr klingelte endlich das Telefon. Clélie nahm mit klopfendem Herzen den Hörer ab. Aber Roses Nachrichten waren gut. Gabriel hatte nur ein paar blaue Flecken davongetragen und glücklicherweise kein Schädeltrauma erlitten. Er würde einen oder zwei Tage zur Beobachtung im Krankenhaus bleiben, und Colline durfte ihn am nächsten Tag besuchen.

30

Als Colline und Clélie Gabriels Zimmer betraten, war sein Bett leer. Am Fenster stand eine hochgewachsene Frau mit langem hellbraunem Haar. Sie wandte den Kopf, als die Tür geöffnet wurde, und bei Clélies Anblick leuchtete ihr Gesicht auf. Die beiden Frauen küssten einander.

»Colline, das ist Lorraine, Gabriels Mutter. Lorraine, das hier ist Colline, die Tochter von Teresa Destempes.«

»Guten Tag, Colline.«

»Guten Tag, Madame.«

Aufmerksam betrachtete das Mädchen die Frau. Ihr Gesicht wirkte angespannt, und von ihr ging etwas Kühles aus.

»Und Gabriels Vater, der Judolehrer? Ist er nicht hier?«, fragte Colline.

Lorraine runzelte die Stirn. »Wie kommst du darauf, dass Gabriels Vater Judolehrer ist?«

»Gabriel hat es mir gesagt.«

Lorraine erstarrte. »Er hat seinen Vater nie kennengelernt. Unsere Beziehung war beendet, bevor Gabriel geboren wurde«, erwiderte sie tonlos.

Colline war, als hätte sie einen Schlag in den Magen bekommen. »Aber … aber das kann nicht sein!«

Die Tür ging auf, und der Junge betrat das Zimmer. Eine Krankenschwester war bei ihm und führte ihn zu seinem Bett. Er trug einen Verband um den Kopf.

Clélie begrüßte ihn herzlich und zog dann Lorraine mit sich aus dem Krankenzimmer. »Ich warte am Empfang auf dich, Schätzchen«, sagte sie zu Colline.

Das Mädchen drehte sich zu Gabriel um, der aus dem Fenster in den Himmel starrte. »Hallo«, sagte sie.

»Hi«, antwortete er, ohne sie anzusehen.

Sie schwiegen lang. Colline glaubte schon, dass Gabriel ihren Herzschlag hören könnte, denn es klopfte zum Zerspringen.

Schließlich wandte der Junge sich zu ihr um. Sein linkes Lid war rot und geschwollen, ebenso seine Lippe. »Ich sehe nicht gerade toll aus, was?«, meinte er.

»Oh, ich hab schon Schlimmeres gesehen … glaube ich wenigstens. Was ist mit deinem Kopf?«

»Ich habe ziemlich doll geblutet, also haben sie ihn bandagiert. Danach wurde ein CT gemacht, eine Aufnahme im Computertomografen, um herauszufinden, ob ich ein Schädeltrauma habe.«

»Und?«

»Offenbar nicht.«

»Zum Glück!«

»Es hat nicht einmal wehgetan. Die Blödmänner haben mich von hinten angegriffen, deshalb konnte ich mich nicht wehren. Ansonsten hätte ich mich mit einem der Judogriffe verteidigt, die mein Vater mir beigebracht hat. Glaub mir, die hätten ganz fix die Biege gemacht.«

Colline hörte, was er sagte, doch der Klang seiner Stimme

entfernte sich immer mehr. Dafür drang eine ganz andere Melodie zu ihr durch: die Traurigkeit eines Jungen, der ein anderes Leben als sein eigenes erfand. Dank Théodore wurde ihr bewusst, dass sich in ihr eine Veränderung vollzog: Sie nahm genau den Moment wahr, in dem sie anfing, in Empfindungen zu denken. Die Worte meinten nicht mehr das, was sie beschrieben, sondern hinter ihnen erschien etwas anderes und durchdrang sie. Es war ein wenig so, als hörte man Musik oder nähme den Duft eines Parfüms wahr.

»Mein Vater war eben hier, du hast ihn gerade verpasst«, fügte Gabriel hinzu.

Sie sah ihm direkt in die Augen und schüttelte den Kopf. »Ich weiß alles.«

»Alles was?«

»Das mit deinem Vater.«

Gabriels Gesicht verschloss sich, und er wandte den Blick ab. »Was redest du denn da?«

»Ich weiß, dass du mich angelogen hast und dass du ihn nie gekannt hast. Du hast nicht mal eine Ahnung, wie er heißt, oder?«

»Das stimmt nicht«, behauptete er.

»Es stimmt, und das weißt du sehr genau.«

Der Blick, den er ihr zuwarf, ehe er sich wieder umdrehte und in den Himmel starrte, war herzzerreißend.

»Warum hast du mich angelogen?«

Er machte eine wegwerfende Bewegung. »Warum nicht? Du willst immer alles um dich herum besser machen. Doch das funktioniert hier nicht. Das kapierst du wohl nicht, was?«

»Aber ich lüge wenigstens nicht.«

»Na und? Was willst du überhaupt? Du hast doch selbst keinen Vater.«

In Collines Augen glitzerte es feucht. Gabriel, der sich zu ihr umsah, bemerkte es und bedauerte seine Worte sofort.

»Entschuldigung, das hab ich nicht so gemeint.«

Tränen kullerten über die Wangen des Mädchens.

Der Junge wusste nicht, wie er Colline trösten sollte. Er suchte verzweifelt nach etwas, das er sagen konnte. »Tut mir leid, dass ich gelogen habe. Ehrlich.«

Sie lächelte ihn zaghaft an und streckte die Hand aus. »Versprich mir, dass wir uns nie wieder anlügen.«

Gabriel ergriff ihre Hand. »Großes Indianerehrenwort.«

»Jetzt haben wir einen Pakt«, fügte sie hinzu. »Den dürfen wir nie, niemals brechen.«

Sie schwiegen eine geraume Zeit.

»Was machst du, wenn du wieder nach Hause gehst?«, wollte Gabriel wissen.

»Ich werde Träume in mein Herz pflanzen und sie gießen, wie Théodore es mir beigebracht hat. Dadurch werden sie zu großen Träumen.«

»Die bis zum Himmel wachsen?«

»Noch höher.«

»Wie hoch?«

»Bis in die Unendlichkeit und darüber hinaus!«, antwortete Colline.

Beide mussten lachen.

»Was willst du werden, wenn du groß bist?«

»Ich werde eine Wolke. Kannst du dir das vorstellen?«

»Äh … nicht wirklich …«

»Oh, doch!« Colline nickte so heftig, dass ihre Locken nur so flogen. »Ich werde vom Wind gewiegt, von der Sonne gewärmt und reise über viele Länder hinweg. Ich tauche auf, ich verschwinde wieder, und ich ziehe, wohin ich will. Die Milchstraße ist meine Freundin, genau wie alle Sterne, der Mond und die Planeten. Und wenn ich zu traurig werde, verwandele ich mich in Wassertropfen.«

»Ich verstehe … Du willst quasi die Welt befeuchten.«

»Genau«, sagte sie begeistert.

»Ich habe noch nie jemanden wie dich getroffen.«

»Was meinst du mit ›jemandem wie mich‹?«

»Jemanden aus Kristall …«

»Ich habe auch noch niemals jemanden wie dich getroffen – jemanden aus Schmiedeeisen.«

31

Auf dem Rückweg vom Krankenhaus blieb Colline stumm und in sich gekehrt. Alle Fragen hatte sie nur sehr einsilbig beantwortet, bis Clélie es aufgab und ebenfalls schwieg. Zu Hause zog die Kleine sich in ihr Zimmer zurück. Nach einer Weile bat sie Clélie und Rose um ein Gespräch.

Die beiden Frauen saßen ihr nun auf der Couch im Wohnzimmer gegenüber.

»Ich brauche eure Hilfe«, sagte Colline.

»Natürlich, Liebes«, antwortete Clélie. »Alles, was du willst.«

»Es geht um Gabriel …«

»Was ist mit ihm?«, fragte Rose sogleich besorgt. »Hat er wieder irgendwelchen Unfug angestellt?«

»Nein. Es ist nur … er ist unglücklich«, sagte Colline.

Rose seufzte. »Mein liebes Mädchen, Gabriel ist alles andere als einfach. Wir haben schon alles Mögliche probiert, glaube mir.«

»Nein, nicht alles.«

»Was meinst du damit?«

»Wir müssen seinen Vater finden.«

Ein Schatten fiel über Roses Gesicht. »Das ist unmöglich.«

»Warum?«, fragte Colline.

»Weil … wir keine Informationen über ihn haben. Er kam in Gabriels Leben auch nie vor.«

»Aber ihr kennt doch sicher seinen Namen oder wisst, wo er wohnt? Wir müssen ihn finden. Gabriel braucht ihn.« Das Mädchen sprach abgehackt, wie jedes Mal, wenn es von starken Gefühlen übermannt wurde. Clélie legte Colline eine Hand auf die Schulter. Rose hingegen schwieg.

»Er braucht seinen Vater, versteht ihr denn nicht?«, beharrte die Kleine.

»Du bist es, die nicht versteht, mein Mädchen«, antwortete Rose ernster, als sie es vorgehabt hatte. »Hier geht es um Erwachsenengeschichten, und zwar um sehr komplizierte.«

»Erwachsenengeschichten mag ich nicht hören. Sie sind zu hässlich.«

»Wenn du groß bist, wirst du verstehen, dass die Dinge manchmal nicht so einfach sind, wie du es als Kind glaubst«, fügte Rose hinzu.

»Genau deshalb will ich ja nie groß werden!«, rief Colline aufgebracht. »Weil Erwachsene nämlich böse sind und oft kein Herz haben. Und so will ich nie werden! Im Krankenhaus liegt ein Junge, der seinen Vater braucht, und ihr antwortet nur, dass es unmöglich ist? Wenn es so ist, finde ich seinen Vater eben allein.« Sie sprang auf und rannte in ihr Zimmer.

Clélie und Rose schwiegen eine Weile.

»Also wirklich«, sagte die ehemalige Französischlehrerin. »Ich habe das Gefühl, wir haben gerade gehörig eins auf den Deckel bekommen.«

»Rose, wissen Sie, wo Gabriels Vater ist?«

»Ich kann es herausfinden. Aber es gibt da ein Problem.«

»Welches denn?«

»Lorraine hat ihm nie gesagt, dass er einen Sohn hat …«

»Du lieber Himmel!«, rief Clélie. »Was sollen wir tun?«

»Keine Ahnung. Doch vieles davon ist meine Schuld«, fügte Rose hinzu. »Ohne mich wäre all das nicht passiert.«

»Klären Sie mich bitte auf, ich verstehe rein gar nichts.«

»Lorraine war sehr verliebt in Gabriels Vater. Aber ich habe den jungen Mann nie akzeptiert. Ich mochte ihn nicht, ich fand ihn langweilig, uninteressant, ungebildet und recht hässlich. Ich habe ihn immer nur schlechtgemacht, bis Lorraine irgendwann anfing, ihn mit meinen Augen zu sehen. Als sie schwanger wurde, riet ich ihr, ihm nichts davon zu erzählen, damit er keinen Anspruch auf das Kind geltend macht. Sie hörte auf mich, und … so sieht es aus.«

Rose barg ihr Gesicht in den Händen. Ein überwältigender Kummer über ihre Fehler und die offenbar unvermeidliche Wiederholung dessen, was sie selbst als Kind erlebt hatte, legte sich über ihre Seele. Ihr Vater hatte sie immer als hässlich und langweilig empfunden, und im Gespräch mit Clélie erkannte sie, dass sie sich dem Mann gegenüber, den ihre Tochter geliebt hatte und der der Vater ihres Enkels war, mehr oder weniger genauso verhalten hatte. Plötzlich schämte sie sich. Aber da sie nicht zu den Menschen gehörte, die lange Trübsal bliesen, stand sie entschlossen auf.

»Clélie, sagen Sie Colline bitte, dass wir tun, um was sie uns gebeten hat.«

32

Am nächsten Morgen hatte Colline Schwierigkeiten, sich auf ihre Übungen zu konzentrieren. Geduldig leitete Théodore sie an, so gut er konnte, aber er wusste, dass ihr Geist umherwanderte.

»Wir spielen die ›Zwölf Farben‹«, schlug er vor.

Colline wurde aufmerksamer.

»Dafür nutzen wir deine Gedanken. Woran denkst du heute Morgen?«

Colline sah Théodore nur schweigend an.

»Du kannst es mir ruhig sagen!«

»An Gabriel.«

»Setz dich und konzentriere dich, um deinen Gedanken eine Farbe zuzuordnen. Wir fangen mit Weiß an. Stell dir Gabriel und alles, woran du im Zusammenhang mit ihm denkst, einfach nur in einer weißen Umgebung vor.«

Das schaffte Colline problemlos.

»Und jetzt stellst du es dir in Lila … Indigo … Kupfer … Silber … Gold … Gelb … Grün … Türkis … Blau … Magenta … und schließlich perlmuttfarben vor.«

Colline umgab Gabriel mit jeder dieser Farben, und am Ende der Übung fühlte sie sich seltsam beruhigt.

»Die Kraft der Farben ist mächtig. Schreib dir diese Meditation der Zwölf Farben in dein Notizbuch; sie wird dir dein ganzes Leben lang weiterhelfen.«

Colline schrieb sich den Verlauf der Meditation sowie die Symbolik der einzelnen Farben auf, wie Théodore es ihr erklärte.

Nachdem die Lektion vorbei war, fragte er: »Möchtest du mit mir über das sprechen, was dich beschäftigt?«

»Es geht um Gabriel«, antwortete sie. »Wärst du einverstanden, wenn er mit mir zusammen bei dir Empfindsamkeit lernen würde?«

»Aber sicher.«

»Ich glaube, er ist unglücklich. Und das tut mir sehr leid.«

»Was wir in unseren Sitzungen lernen, ist, Empathie zu empfinden, ohne uns davon überwältigen zu lassen. Gabriel mag dir vielleicht leidtun, aber du darfst nicht vergessen, dass ihr zwei sehr verschiedene Menschen seid. Ich sage dir das, damit du dir seine Traurigkeit nicht so zu Herzen nimmst.«

»Das ist schwierig«, erwiderte das Mädchen.

»Natürlich ist es das! Doch in deinem Herzen ist schon dein eigener Schmerz.«

»Schon, aber ich will trotzdem ein bisschen Platz für den von Gabriel machen.«

»Ein bisschen Platz ist in Ordnung, alles andere wäre jedoch zu viel. Du musst auf dich selbst aufpassen, Colline. Du empfindest viel intensiver als die meisten Menschen. Diese Empfindsamkeit ist zwar eine Stärke, aber sie kann die Seele auch verbrennen und verheerenden Schaden anrichten. Verstehst du das?«

»Ja«, antwortete sie. »Doch ich möchte dich noch etwas fragen, Théodore.«

»Alles, was du willst.«

»Magst du mein Ersatzgroßvater sein?«

»Sehr gern sogar! Du bist mir so lieb und teuer wie meine Enkelin. Wir alle haben Blutsverwandte, doch wir haben auch eine andere Familie, die wir uns selbst aussuchen. Clélie, Rose und ich gehören zu deiner Familie des Herzens. Und darüber freuen wir uns sehr.«

Sie warf sich in seine Arme und drückte ihn mit aller Kraft an sich. Er konnte das Übermaß der Liebe spüren, die in ihr war und mit der umzugehen sie erst noch lernen musste. Dass Liebe untrennbar mit Kampf verbunden ist, war Théodore seit Langem klar. Denn wer Gerechtigkeit und Ausgewogenheit sucht, muss nicht nur lieben, sondern auch wissen, wie man hart durchgreift. Und zwar ebenso gegen sich selbst wie auch gegen andere. Colline lernte schnell und war außergewöhnlich begabt, motiviert und aufmerksam. Ihr beim Aufwachsen behilflich zu sein empfand Théodore als großes Privileg.

33

Rose und Lorraine saßen auf der Couch und sahen Gabriel entgegen, der ihren Gesichtsausdruck irgendwie seltsam fand. Was mochten sie von ihm wollen? Die Zusammenkunft erinnerte ihn an eine Art Familienrat.

»Gabriel, wir haben dir etwas sehr Wichtiges zu sagen«, begann Rose.

Oje, das fängt ja gut an!, dachte er. Was hatten sie dieses Mal beschlossen? Ihn auf ein Internat zu schicken? Seufzend setzte er sich ihnen gegenüber auf einen Stuhl und wartete, was kommen würde.

Drückende Stille lag über dem Raum. Da war zweifellos etwas Ungewöhnliches im Busch.

Rose räusperte sich. Sie war seltsam blass, und ihre Hände zitterten. Was ging da vor?

»Gabriel, bevor du geboren wurdest, habe ich einen Irrtum begangen … einen großen Fehler. Ich habe mich nicht richtig verhalten und möchte mich dafür bei dir entschuldigen.«

Seine Großmutter entschuldigte sich bei ihm? Das war ja noch nie vorgekommen!

»Es geht um deinen Vater …«

Gabriel fühlte sich plötzlich unbehaglich und war sich nicht sicher, ob er den Rest hören wollte. Aber Rose sprach schon weiter.

»Ich habe alles getan, um deine Mutter und deinen Vater auseinanderzubringen, und leider ist es mir gelungen.«

Sie auseinanderzubringen? Wovon redete sie da?

Nun ergriff Lorraine das Wort. »Ich habe deinen Vater sehr geliebt, Gabriel …«

»Aber Mama, du hast mir doch immer gesagt, du wüsstest nicht, wer es war!«

»Ich habe dich angelogen.« Sie senkte den Blick.

»Warum?«

»Meinetwegen«, warf Rose ein. »Ich bin der Grund für die Trennung deiner Eltern. Ich habe alles dafür getan, dass es so kam.«

»Aber warum denn nur?«

»Aus Borniertheit und Dummheit. Und heute will ich das wiedergutmachen.«

Lorraine und Rose sahen einander an.

Die ehemalige Französischlehrerin atmete tief durch. »Gabriel, du hast einen Vater, und es ist höchste Zeit, dass du ihn kennenlernst.«

»Ich soll meinen Vater kennenlernen?«, wiederholte Gabriel schockiert.

Seine Mutter nickte. »Ja.«

»Aber … wo ist er?«

»Er wohnt in Verberie, in der Nähe von Compiègne. Ungefähr eine Autostunde entfernt.«

Gabriels Herz vollführte einen Trommelwirbel. Er sprang auf und rief: »Ich gehe da nicht hin! Niemals! Auf eure Tricks falle ich nicht rein.« Er rannte hinaus, knallte die Tür hinter sich zu, polterte wutentbrannt die Treppe hinauf in den vierten Stock und klingelte bei Clélie.

Colline öffnete ihm die Tür.

»Komm mit, ich muss mit dir reden. Schnell!«

Sie folgte ihm die Treppe hinunter. Er steuerte den Garten an und blieb unter dem Baum stehen, den das Mädchen liebte, genau an der Stelle, an der sie sich kennengelernt hatten. Sie setzten sich und schwiegen eine Weile. Gabriel wusste nicht, wie er ausdrücken sollte, was in ihm vorging. Er fühlte sich verwirrt, traurig und wütend zugleich.

Colline lächelte ihn an. »Was ist los, Erzengel Gabriel?«

»Stell dir bloß vor, ich habe einen Vater! Meine Mutter und Rose haben es mir gerade erzählt. Sie wollen, dass ich ihn kennenlerne.« Er war völlig aufgewühlt. »Es ist mir egal, ob ich einen Vater habe. Ich habe ihn zehn Jahre nicht gebraucht und brauche ihn jetzt auch nicht. Zum Teufel mit ihm!«

»Aber … bist du denn nicht neugierig darauf, wie er so ist?«

»Überhaupt nicht. Er muss ein Idiot sein, sonst hätte er mich nicht verlassen.«

»Vielleicht wusste er ja nicht, dass es dich gibt?«

»Genau das behaupten sie. Doch ich glaube ihren Lügen nicht.«

In diesem Moment war Gabriel der traurigste Junge, den Colline jemals gesehen hatte.

»Im Leben kann eben nicht immer alles glattlaufen, siehst du?«, sagte er mit einem bitteren Grinsen. »Und außerdem – was bringt es überhaupt, einen Vater zu haben?«

Das Mädchen drückte ihm ein Küsschen auf die Wange.

Gabriel wurde sehr rot, druckste herum und schenkte ihr schließlich das Grübchenlächeln, das sie so sehr liebte. Diesmal war sie es, die errötete.

»Und wenn ich mit dir komme?«, fragte sie.

Er antwortete nicht.

»Sag einfach Ja! Du hast vielleicht einen supertollen Vater und weißt es nicht einmal! Komm schon, sag Ja, Gabriel!«

»In Ordnung. Wenn du mitkommst, gehe ich hin.«

»Das ist ein Pakt«, sagte sie. »Wir können ihn nicht mehr rückgängig machen.«

Sie schüttelten einander die Hand, und Gabriel fühlte sich beruhigt. Dieses Mädchen war genauso magisch wie ihre Kästen für Träume, die wahr werden sollten.

34

Wenige Tage später stiegen Clélie, Gabriel und Colline gegen zehn Uhr morgens in das an der Place des Ternes geparkte Auto. Rose wartete bereits hinter dem Steuer auf sie. Sie ließ den Wagen an, und sie fuhren schweigend los.

Im Monat August war Paris vergleichsweise leer, und auf dem Boulevard Périphérique ging es zügig vorwärts. Der Tag versprach, wunderschön zu werden. Der Himmel war blau, die Sonne schon warm und eine leichte Brise milderte die Schwüle. An der Porte de la Chapelle nahm Rose die Autobahn A1.

Colline beobachtete Gabriel aus dem Augenwinkel. Er hielt sich sehr gerade, biss die Zähne zusammen und hatte die Hände zu Fäusten geballt. Sie griff nach seiner Hand. Überrascht zog er sie weg. Zuneigungsbekundungen war er nicht gewohnt, und er fühlte sich dabei unbehaglich. Als das Mädchen es jedoch erneut versuchte, ließ er sie schließlich gewähren. Ihre Hand war weich. Unauffällig beobachtete er Colline. Sie war so hübsch …

Während das Auto über die Autobahn fuhr, wurde Gabriel zum ersten Mal in seinem Leben bewusst, dass sein Herz schlug. Er fühlte sich unglaublich lebendig.

Dieses Mädchen hatte ihn wie noch niemand zuvor mit seinen Gefühlen in Kontakt gebracht und verwirrte ihn immer wieder.

Rose nahm die Ausfahrt Compiègne Sud – Pont-Sainte-Maxence und fuhr auf einer schmalen Landstraße weiter. An einem Kreisverkehr bog sie in Richtung Verberie ab. Vor ihnen breiteten sich Felder aus. Irgendwann ging es auf einem Feldweg weiter. An dessen Ende verkündete ein großes Schild das Ziel ihres Ausflugs:

TIERASYL NOAH

Rose parkte etwas unterhalb eines großen Hauses, das von einem Garten umgeben war. Schweigend stiegen sie aus dem Auto. Colline ließ Gabriels Hand nicht los, passte sich seinem Schritt an und atmete im gleichen Rhythmus wie er.

Wenige Meter vor dem Haus blieb Rose stehen. »Könnt ihr hier auf uns warten?«, fragte sie Colline und Clélie.

Die beiden nickten. Gabriel geriet ein wenig in Panik, aber das Mädchen an seiner Seite lächelte ihn an. Zusammen mit seiner Großmutter ging er zum Eingang des Hauses, aber plötzlich drehte er sich um und lief davon. Obwohl Rose, Clélie und Colline nach ihm riefen, rannte er weiter und entschwand schließlich ihren Blicken. Im Vorfeld hatte Rose schon mit Gabriels Vater telefoniert und ihr Kommen angekündigt. Dennoch war sie sehr aufgeregt, als sie an die Haustür klopfte.

Ein Mann öffnete. Er war etwa vierzig Jahre alt, hatte hellbraunes Haar, grüne Augen und zeigte genau wie Gabriel beim Lächeln Grübchen.

Er erfasste die Situation sofort, und gemeinsam machten sie sich auf die Suche nach dem Jungen. Eine Stunde später war Gabriel noch immer unauffindbar. Colline wurde immer unruhiger.

Rose plagten Schuldgefühle. »Wir müssen die Polizei informieren«, sagte sie. »Gott allein weiß, ob er inzwischen etwas Dummes angestellt hat. Er wirkte so verängstigt, als er weglief …«

Mit einem Mal fiel Colline etwas ein. »Sind alle Pferde des Tierheims auf dieser Koppel da?«, fragte sie Noah und wies mit dem Finger auf den Auslauf.

»Nein, wir haben noch einen Stall, in dem die alten und kranken Pferde untergebracht sind.«

»Und wo ist der?«, erkundigte sich das Mädchen.

»Komm mit, ich zeige ihn dir«, antwortete Gabriels Vater.

Clélie und Rose wollten ihnen folgen, aber Colline meinte, es sei besser, wenn sie warteten. Der Mann führte sie zu einem Stallgebäude. Es stand ein wenig abseits. Colline bat darum, allein hineingehen zu dürfen. Mehrere Pferde standen in ihren Boxen. Colline blickte sich um. Gabriel war nirgendwo zu sehen.

Entmutigt lehnte sie sich an die Tür der letzten Box. Ein Schimmel lag im Stroh und hob den Kopf. Hinter ihm erkannte Colline eine Gestalt. Sie sah genauer hin. Neben dem Tier kauerte Gabriel und streichelte es.

»Darf ich zu dir kommen?«, fragte Colline.

Er nickte. Langsam ging sie zu ihm und setzte sich ebenfalls ins Stroh.

Der Schimmel lehnte seinen Kopf gegen den des Jungen, der vor sich hin starrte.

»Ich habe deinen Vater gesehen …«, sagte Colline zu ihm. »Er ist Tierarzt, und er ist wirklich sehr nett. Stell dir vor, er hat dieses Tierheim selbst aufgebaut! Ohne ihn wären diese Tiere sicher alle gestorben.«

Gabriel hörte ihr aufmerksam zu. Ihr fielen die richtigen Worte ein, um ihn zu beruhigen.

Sie streckte ihm die Hand entgegen. »Kommst du mit?«, fragte sie lächelnd.

Er zögerte einen Moment, streichelte das Pferd ein letztes Mal, stand auf und ging folgsam hinter ihr her. Kurz bevor sie den Stall verließen, blieb er stehen. Jenseits dieser Tür befand sich sein Vater. Der Vater, der ihm so viele Jahre lang gefehlt hatte … Der Vater, der so abwesend gewesen war, dass er sich einen Ersatz geschaffen hatte. Einen superstarken, unbesiegbaren Judomeister. Wie sollte sein echter Vater demjenigen, den er sich ausgemalt hatte, das Wasser reichen können?

»Du wirst bestimmt nicht enttäuscht, du wirst schon sehen«, sagte Colline.

Sie öffnete die Tür und zog ihn sanft mit sich. Die Sonne blendete, und der Junge blinzelte. Colline hielt seine Hand fest in ihrer. Sie ging auf Gabriels Vater zu, und plötzlich standen die beiden einander gegenüber. Colline lächelte Gabriel ein letztes Mal zu und ließ Vater und Sohn dann allein.

Verängstigt und tief bewegt verschlang Gabriel diesen unbekannten Vater mit den Augen. Er wusste nicht, was er sagen sollte.

»Ich heiße Noah.«

»Ich bin Gabriel«, antwortete der Junge mit zitternder Stimme.

Noah trat einen Schritt auf ihn zu, doch Gabriel wich zurück.

»Ich wusste nicht, dass du … dass es dich gibt«, sagte sein Vater. »Es ist sehr schön, dich zu sehen.« Er machte eine Bewegung in Richtung des Jungen, um ihn nach all der Zeit in die Arme zu nehmen, aber Gabriel versteifte sich, und Noah bestand nicht auf der Umarmung. Es war noch zu früh für Zuneigungsbekundungen. »Möchtest du die Tiere sehen?«

»Okay …«, antwortete Gabriel zurückhaltend.

Vater und Sohn traten zu den beiden Frauen und dem Mädchen, die mit klopfendem Herzen auf sie warteten. Noah führte sie zu der Koppel, auf der mehrere Pferde weideten. Gabriel beobachtete sie fasziniert.

»Wir nehmen hier Tiere auf, die von ihren Besitzern verlassen oder abgegeben wurden.«

»Aber warum lassen sie sie überhaupt im Stich?«, fragte Colline.

»Manchen Leuten sind die Tiere zu alt, oder sie werden krank, oder ihre Besitzer fahren in Urlaub und wissen nicht, was sie dann mit ihnen anfangen sollen, oder sie haben plötzlich ihre Meinung oder ihre Interessen geändert ... An Gründen fehlt es wirklich nicht.«

Colline war empört.

Noah führte sie weiter durch das Tierheim und zeigte ihnen Katzen, Hunde, Kaninchen, Vögel und sogar Damwild.

Colline blieb vor einem winzigen Kaninchen mit glänzendem, schwarzem Fell stehen, das sich zu einer Kugel zusammengerollt hatte.

»Den Kleinen haben wir aus einer Zucht, deren Besitzer einfach weggezogen ist und seine Tiere zurückgelassen hat. Das Kaninchen hier wurde erst vor Kurzem geboren und wird noch gesäugt.«

»Das ist vielleicht süß! Findest du nicht, Gabriel?«, fragte Colline begeistert.

Er machte das grimmige Gesicht, das sie so gar nicht leiden konnte. »Ja, ganz nett. Aber es ist und bleibt nur ein Kaninchen.«

Seltsamerweise fühlte Colline sich durch seine Reaktion verletzt. Er hatte überhaupt nichts verstanden! Sie entfernte sich von ihm und stellte sich zu ihrem eigenen Schutz vor, sie wäre von einer perlmuttfarbenen Blase umgeben, wie Théodore es sie gelehrt hatte.

Gabriel spürte den Abstand, den sie zwischen sich und ihn legte, und wusste nicht, wie er ihn überbrücken sollte. Er zuckte mit den Schultern und redete sich ein, dass es ihm nichts ausmachte. Und das gelang ihm nicht einmal schlecht.

Sie verbrachten einen schönen Tag mit Noah, doch Colline sprach weiterhin nur das Nötigste mit Gabriel.

Auch auf dem Heimweg blieb sie schweigsam.

Gabriel suchte nach einem Gesprächsthema. »Noah ist zwar mein Vater, aber ich leihe ihn dir, wenn du willst. Wir sehen ihn ja bald wieder«, sagte er.

»Okay«, antwortete sie.

»Weißt du was? Die Kiste mit Träumen, die wahr werden sollen, funktioniert wirklich.«

»Echt?«

»Erinnerst du dich an den Tag, an dem wir sie gebaut haben?«

»Ja …«

»Wir haben uns etwas gewünscht, haben es aufgeschrieben und den Zettel in die Kiste getan.«

»Ich weiß ….«

»Mein Traum war es, meinen Vater kennenzulernen.«

Nun lachte Colline. Sie klatschte in die Hände, fiel dem Jungen um den Hals und legte den Kopf auf seine Schulter. Gabriel war sehr befangen, denn es war das erste Mal, dass ein Mädchen so etwas mit ihm tat. Weil er so stocksteif dasaß, nahm sie seine Arme und legte sie um sich. Und er ließ sie gewähren und schien sich bei dieser ersten wirklichen Zärtlichkeit Collines zu beruhigen.

Rose und Clélie sahen einander gerührt an. Diese beiden hatten sich ohne jeden Zweifel gefunden.

35

An diesem Mittwoch fühlte Colline sich wunderbar. Summend lief sie die Treppe zu Clélies Wohnung hinauf. Ihr Himmel war klar, die meisten ihrer Wolken waren verschwunden, und eine tiefe Freude stieg aus ihrem Herzen auf. Im zweiten Stock begegnete sie Monsieur Lefron, der mürrisch zu Boden starrte.

»Guten Tag, Monsieur!«, begrüßte sie ihn.

Er ging weiter, ohne ihr zu antworten.

Das Mädchen baute sich vor ihm auf. »Ich wünsche mir so sehr, Sie wären nur ein kleines bisschen netter …«

»Und warum das?«, entgegnete er unfreundlich.

»Weil auf dieser Welt sowieso schon alles schlecht läuft! Soll ich es Ihnen zeigen?«

»Was zeigen?«, fragte er unwirsch.

»Wie man nett ist. Es ist ganz einfach, Sie werden schon sehen. Wir spielen einfach, dass ich Ihnen Guten Tag sage. Sind Sie bereit? Gehen Sie ein Stück. Guten Tag!«

Wieder erhielt sie keine Antwort.

»An der Stelle müssen Sie mir auch einen guten Tag wünschen. Fangen wir noch mal von vorn an. Guten Tag!«

»Guten Tag«, grummelte Lefron.

»Bravo! Und jetzt noch einmal mit einem Lächeln. Guten Tag!«

»Guten Tag«, sagte er und verzog das Gesicht zu einem halbherzigen Lächeln.

»Super, Sie haben es fast geschafft! Guten Tag, Monsieur Lefron, geht es Ihnen gut?«

»Guten Tag«, wiederholte er.

»Geht es Ihnen gut?«, insistierte sie.

»So lala«, sagte er.

»Sehen Sie? Sie haben es geschafft!« Sie warf sich in seine Arme.

Überrascht blieb er wie angewurzelt stehen. Colline beschwor ein weit entferntes, längst vergessenes Gefühl in ihm herauf. Ein Gefühl, das er zusammen mit seiner Frau begraben hatte. Plötzlich verspürte er eine fast unmerkliche Bewegung, und sein Herz begann wieder zu arbeiten wie ein Uhrwerk. Er streichelte das Haar des Mädchens und weinte lautlos in sich hinein.

36

Der Sommer ging zu Ende. Gabriel und Colline saßen im Zimmer des Mädchens und schauten aus dem Fenster. Schweigend beobachtete der Junge Colline von der Seite. Die Sonne stand hoch am Himmel. Keine Wolke trübte den schönen Tag. Schon bald würden die Ferien zu Ende sein … Bei diesem Gedanken schnürte sich Colline das Herz zusammen.

Manchmal spürte sie, dass alles so einfach und leicht sein könnte. Dass die ganze Welt mit guter Laune und so verwandelt erwachen könnte, als wäre in der Nacht ein Sternenregen auf alle Menschen gefallen und hätte ihre Herzen berührt. Wie ein Zauberstab vom Himmel, der in der Lage war, alles Böse zu vernichten, das Seelen und Herzen zerfrisst.

Manchmal öffnete sie am Morgen die Augen, hielt den Atem an und dachte: Jetzt ist es passiert. Heute Morgen ist es so weit! Dann stand sie langsam auf und schlich ans Fenster. Der große Tag war da, alles würde sich ändern! Aber meistens belehrten eine lautstarke Auseinandersetzung irgendwo auf der Straße, Stimmfetzen, die Sirene eines Krankenwagens oder der Regen, der auf die Stadt prasselte, sie schnell wieder eines Besseren. Der große

Tag war doch noch nicht gekommen. Sie musste weiter im Dunkeln stochern, ihr musste übel werden, und sie musste mehrmals am Tag sterben.

»Wie oft bist du schon gestorben?«, wollte Gabriel von ihr wissen, als sie ihm davon erzählte.

»Oh, bestimmt schon hundert Mal.«

»Dann hast du sicher viele Verletzungen.«

»Klar! Aber ich bin eine Überlebende.«

»Eine Überlebende?«, fragte Gabriel.

»Ja. Jemand, der überlebt.«

»Ah!«

Colline starrte in die Ferne. »Wenn ich einen Zauberstab hätte ...«

»Was würdest du tun?«

Colline wurde lebendig. »Ich würde alle Tiere freilassen und ihnen die Macht übergeben.«

»Du meinst also, unser Präsident könnte ein Vogel sein?«, fragte Gabriel.

»Oh, es gäbe nicht nur einen Präsidenten, sondern mehrere: Vögel, Delfine, Elefanten, Kaninchen ... Und überall wären Blumen!«

»Und die Menschen?«

»Die würden weniger denken und mehr fühlen.«

»Glaubst du, sie wären dazu in der Lage?«

Colline runzelte die Stirn und starrte den Jungen mit ernsten Augen an. »Das weiß ich nicht, mein Freund.«

Gabriel wurde plötzlich unruhig.

»Was ist los?«, wollte das Mädchen wissen.

»Nichts.«

»Doch, ich merke es doch. Verrate es mir ...«

»Du hast gesagt: ›mein Freund‹«.

»Ja, das stimmt. Du bist doch mein Freund, oder?«

»Natürlich. Es ist nur … Ich war noch nie der Freund von irgendjemandem.«

»Dann müssen wir das feiern!«, rief Colline und klatschte in die Hände. Sie sprang auf und holte zwei Sektgläser aus Clélies Schrank, füllte sie mit Apfelsaft und baute sich vor Gabriel auf. »Auf eine Freundschaft fürs ganze Leben!«, sagte sie.

»Auf eine Freundschaft fürs ganze Leben!«, wiederholte er.

Sie tranken mit feierlicher Miene.

»Auf den Erzengel Gabriel, meinen treuen Freund!«

»Auf Colline mit den zwei Flügeln!«

37

Am Sonntag, den dreißigsten August, trafen sich alle Nachbarn im Garten, um sich von Colline zu verabschieden. Marc und Lou Grandjean mit ihren Kindern, Clothilde Legrand, Mirabelle Côme und alle anderen waren aus dem Urlaub zurückgekehrt. Auch Teresa und Martin waren da, ebenso wie Lorraine, Gabriel und Noah. Laurent, der die Kaffeerösterei Brûlerie des Ternes betrieb, unterhielt sich in Gebärdensprache mit dem Gärtner Hector. Wo er sie gelernt hatte, wollte Colline ihn später unbedingt noch fragen. Sogar Monsieur Lefron war gekommen. Clélie hatte einen bunten Tisch aufgestellt und mit einer hübschen rosa Tischdecke und farbigen Tellern gedeckt. Sie hatte Obsttörtchen vorbereitet, belegt mit Mirabellen, Pfirsichen, Himbeeren, Erdbeeren … Es sah wunderschön aus.

Gabriel und Noah traten zu Colline.

»Wir haben hier etwas für dich«, sagte Noah und reichte ihr einen Karton mit vielen kleinen Löchern. »Ein Geschenk von uns allen.«

»Das ist aber nett!«, antwortete Colline gerührt.

»Mach auf!«, drängte Gabriel.

Er hielt die Schachtel für sie fest, Colline hob den Deckel an und stieß einen Freudenschrei aus. In dem Karton saß das kleine schwarze Kaninchen, das sie in Noahs Tierheim gesehen hatte.

»Oh, danke! Ihr seid wirklich liebe Freunde!« Sie konnte den Blick nicht von dem bezaubernden kleinen Fellknäuel abwenden. »Er ist so süß, er sieht aus wie eine Zeichentrickfigur!«, rief sie völlig verzaubert.

»Dann weiß ich, wie wir das Kaninchen nennen«, sagte Gabriel.

»Wie denn?«

»Toons.«

»Warum Toons?«

»Von ›Cartoons‹.«

Colline sah ihre Mutter an. »Bist du einverstanden? Darf ich Toons behalten?«, fragte sie besorgt.

»Aber natürlich, mein Schatz.«

Colline fiel ihr jubelnd um den Hals.

Jeder bediente sich an Clélies Kuchen. Gabriel reichte Colline ein Stück. Sie wich kaum merklich zurück.

»Die Früchte kannst du ganz bestimmt essen. Und du wirst sehen, bald schmeckt dir auch der Boden.«

Colline lächelte ihn an, pickte die Erdbeeren und Himbeeren von Clélies Kuchen und fand sie köstlich. Sie strahlte über das ganze Gesicht. Was für ein schöner Tag das war!

Bezaubert küsste Gabriel sie auf die Wange. Colline wurde rot, doch in diesem Augenblick war sie sehr glücklich.

Sie blickte sich um. Rose unterhielt sich angeregt mit Lorraine und Noah, die sich allmählich einander wieder annäherten, Monsieur Lefron sprach mit Marc Grandjean über die Wirtschaft, und Clothilde Legrand zeigte den Nachbarn, wie sie Koloraturen sang.

Théodore trat auf Colline zu. »Ich habe auch ein Geschenk für dich.« Er reichte ihr einen großen gefütterten Umschlag.

Sie nahm ihn vorsichtig, ein warmes, intensives Gefühl stieg in ihr auf. Sie drückte den Umschlag fest an ihr Herz und atmete seinen Duft ein. Er roch nach Zedernholz.

»Öffne ihn, wann immer du willst.«

»Jetzt! Zusammen mit dir«, antwortete sie.

Théodore lächelte und sah zu, wie sie das Kuvert vorsichtig aufmachte. Darin fand sie ein schönes Notizbuch, auf dem in Théodores gestochener Schrift geschrieben stand: *DIE KLEINEN SONNEN*

Collines Herz pochte heftig. Sie legte eine Hand auf ihre Brust, um es zu beruhigen, und las die Widmung auf der ersten Seite:

Meiner lieben Colline, damit sie lernt, wie man an jedem Tag kleine Sonnen erkennt

Das Notizbuch war eine Art Kalender. Es begann am ersten Januar und endete am einunddreißigsten Dezember. Théodore hatte für jeden Tag des Jahres einen Gedanken hineingeschrieben und dahinter Raum für ihre eigenen Gedanken gelassen.

Colline spürte sofort, dass sie ein unbezahlbares Geschenk in Händen hielt, das sie für den Rest ihres Lebens bewahren würde. Sie drückte Théodore fest an sich, der ihr liebevoll über den Kopf streichelte. Colline sah die Nachbarn, wie sie tranken, aßen, redeten und lachten, und zumindest dieses eine Mal empfand sie nicht dieses unerträgliche Missverhältnis, das sie sonst unter solchen Umständen immer überwältigte. Nein – es war, als wäre sie

Teil eines Ganzen und bildete mit all diesen Menschen eine Gemeinschaft.

Sie begegnete Gabriels Blick. Der Junge schenkte ihr sein bezauberndes Grübchenlächeln. In diesem Moment wusste Colline mit einem Mal ganz genau, dass sie auf dieser Welt bleiben konnte, auch wenn ihre Eltern einander nicht mehr lieb hatten; auch wenn die Umstände manchmal schwierig, empörend, bedrückend und für sie unverständlich waren. Zum ersten Mal in ihrem jungen Leben spürte Colline, dass sie einen Platz hatte, einen Raum, in dem sie ihre eigene Melodie hören lassen konnte. Und das verdankte sie ihren Freunden, die um sie herum waren und sich an dem schönen Tag erfreuten. Sie waren nicht perfekt. Sie hatten ihre Fehler, ihre Zögerlichkeiten und ihre Flüchtigkeiten, aber während dieser zwei Monate hatten sie ihr ihre Aufmerksamkeit geschenkt.

Colline wusste, dass dies ein großes Glück war. Bei Clélie und ihren Nachbarn hatte sie erfahren, wie gut ein wohlwollender Blick, ein Wort der Ermutigung oder ein Lächeln taten.

Wenn sie es wollte, so dachte Colline, könnte sie tatsächlich eine Fee sein – aber sie würde eine Fee sein, die sicher nicht alles von den Menschen hinnehmen würde. Manchmal mussten Leute an ihren Platz zurückbeordert werden, und sie würde nicht zögern, es zu tun. Wenn ihre Gefühle zu intensiv wurden, stellte sie sich inzwischen immer vor, von einer schützenden Perlmuttblase umgeben zu sein, oder sie wiederholte im Geiste das große Einmaleins, um sich abzulenken – oder sie stellte sich die Zwölf Farben vor: Weiß, Violett, Indigo, Kupfer, Silber, Gold, Gelb, Grün, Türkis, Blau, Magenta und Perlmutt. Théodore hatte ihr viele Techniken beigebracht, die sie in ihrem Heft aufgeschrieben hatte.

Die beiden Monate, die sie an der Place des Ternes verbracht hatte, waren die schönsten ihres ganzen bisherigen Lebens gewesen. Clélie hatte ihr gesagt, dass sie das Zimmer bei ihr behalten dürfe und dass sie zu ihr kommen könne, wann immer sie es wollte. Damit war sie jetzt in drei Wohnungen zu Hause. Oder in zweieinhalb, weil ihr Vater kaum die Hälfte zählte. Sie verspürte einen kleinen Stich im Herzen. Eigentlich hatte er versprochen, heute dabei zu sein, sobald er aus New York zurückkam. Aber er hatte ihr eine SMS geschickt:

Meeting dauert noch an. Bin in Gedanken bei euch ☺.

Wieder einmal hatte er sie im Stich gelassen. Trotzdem spürte Colline, dass sie sehr gut mit einem halben Vater weiterleben konnte, jetzt, da sie neue Orientierungspunkte hatte. Was Clélie und die anderen ihr geschenkt hatten, war unbezahlbar: Aufmerksamkeit, Freundlichkeit und Respekt. Sie hatten ihr gezeigt, dass sie wichtig war.

Colline lächelte. Sie drückte Toons vorsichtig an sich und spürte seinen regelmäßigen Atem. Jedes Detail dieses Augenblicks nahm sie in sich auf – sie selbst mit ihrem kleinen Kaninchen, den in der Sonne funkelnden Garten, Clélie, Théodore, Rose, Gabriel, Teresa, Martin, Lorraine, Noah und all die anderen –, um an den Tagen, an denen die Welt wieder einmal grau aussehen würde, Kraft daraus zu schöpfen. Sie öffnete Théodores Notizbuch und las.

Die kleinen Sonnen

1. Januar
Ich schreibe dieses Notizbuch des Lichts, um zu lernen, wie man in unserer Dunkelheit Sonne macht.

2. Januar
Wenn ich traurig bin, streiche ich Honig auf meine Seele, damit das Glück naschen kommt.

3. Januar
Man muss immer darauf achten, dass man nicht nur Sternschnuppen, sondern auch echte Sterne an den Himmel heftet.

4. Januar
Ein Tag, an dem man eine Schwalbe oder einen Marienkäfer rettet, ist ein erfolgreicher Tag.

5. Januar
Es gibt einen Weg, Liebe zu leben, indem man alle Fenster ohne Gitter offen lässt.

6. Januar
…

Colline blätterte jede Seite um und las tief bewegt die letzten Worte, die Théodore für sie geschrieben hatte.

Nun bist du an der Reihe, deine kleinen Sonnen aufzuschreiben. Ich wünsche dir ein gutes Leben, Colline.
Mit all meiner Freundschaft
Théodore

Im Herzen des Mädchens erhoben sich plötzlich die Klänge eines Liedes.

Ich liebe dich wie verrückt.
Ich liebe dich wie verrückt.
Ich liebe dich wie verrückt.
Ich liebe dich wie verrückt, dich, das Leben!

Wenn Sie also eines dieser Kristallkinder treffen, eines dieser zu sensiblen, zu durchlässigen Wesen, die Fragen stellen, auf die Sie nie gekommen wären, dann stoßen Sie es nicht zurück, machen Sie sich nicht lustig und lassen Sie es nicht allein. Denn in seinem Innern befindet sich eine lebendige, ruhelose Seele im Aufruhr, die viele Dinge mit einer solchen Intensität wahrnimmt, dass sie ihm unerträglich ist. Eine Seele, die die Absurdität des Lebens intensiv empfindet, dort, wo wir nicht einmal einen Zusammenhang sehen. Eine reiche und großzügige Seele, die – wie jeder von uns – viel dazu beitragen kann, dass wir eines Tages in einer besseren Welt leben können.

Danksagung

Ich danke Elsa Lafon, Bénédicte Lombardo, Frédéric Koskas, Karine Wendscheck, Laurent Bouchet-Guillaume, Cécile Majorel, Michel Lafon und all ihren Teams.

Im sonnigen Südfrankreich bietet eine ganz besondere Agentur eine zweite Chance für das Glück

Lorraine Fouchet
DIE GLÜCKSAGENTUR
Roman
Aus dem
Französischen
352 Seiten
ISBN 978-3-404-17761-5

Die 29-jährige Journalistin Juliette hat die Nase voll. Der Chef, der Job, das Liebesleben – alles andere als erfreulich. Sie wirft alles hin, um einen beruflichen Neustart zu wagen: mit der Gründung einer Lebensveränderungsagentur für alle, die ihrem Glück auf die Sprünge helfen wollen.
In dem kleinen französischen Dorf ihrer Kindheit haucht sie einem heruntergekommenen Schulgebäude mit viel Fantasie und Tatkraft neues Leben ein, und ihre Agentur findet bald großen Anklang. Doch wie sieht es mit Juliettes eigenem Glück aus?
Ein schwungvoller Wohlfühlroman mit liebenswerten Figuren, vielen amüsanten Verwicklungen und mediterranem Flair